D0227081

GRAFISK FORLAG *Copenhague*

GYLDENDAL NORSK FORLAG *Oslo*

EMC CORP. *St. Paul, Minnesota, U.S.A.*

ERNST KLETT VERLAG *Stuttgart*

ESSELTE STUDIUM *Stockholm*

EDIZIONI SCOLASTICHE MONDADORI *Milan*

BORDAS EDITEUR *Paris*

JOHN MURRAY *Londres*

TAMMI *Helsinki*

ASAHI SHUPPANSHA *Tokyo*

WOLTERS/NOORDHOFF *Groningue*

EDITORIAL MAGISTERIO ESPAÑOL, S.A. *Madrid*

GRAFICA EDITÔRA PRIMOR *Rio de Janeiro*

GEORGES SIMENON

MAIGRET ET LE CLOCHARD

EASY READERS
ER
FACILE A LIRE

Le vocabulaire de ce livre est fondé sur
Börje Schlyter: Centrala Ordförrådet i Franskan
Günter Nickolaus: Grund- und Aufbauwortschatz Französisch
Georges Gougenheim: Dictionnaire Fondamental de la Langue Française

REDACTEUR
Ellis Cruse: *Danemark*

Couverture: Ib Jørgensen
Illustrations: Oskar Jørgensen

ISBN Danemark 87-429-7580-8

Imprimé au Danemark par
Grafisk Institut A/S, Copenhague

GEORGES SIMENON

est né à Liège, en 1903, d'une famille d'origine bretonne et d'alliance hollandaise. Amené très jeune à gagner sa vie, il se trouve mêlé à des milieux fort divers. A l'âge de vingt ans, il vient à Paris, où il débute dans le roman populaire, sous différents pseudonymes. Mais c'est en 1929–30 que Simenon devient vraiment lui-même. Il compose un récit, PIETR LE LETTON, où apparaît pour la première fois la silhouette du fameux commissaire MAIGRET. Dès lors vont se succéder des romans courts, les uns dominés par Maigret, ayant pour centre un drame policier, les autres formant des études de milieux, de cas, de caractères.

Simenon a souvent été appelé «l'avocat des hommes» et si ses œuvres touchent tous les lecturs, dans tous les pays, c'est à cause de leur réalisme, de leur poésie et de l'immense don de compréhension de l'auteur. Simenon cherche toujours, à travers le commissaire Maigret, à défendre l'homme, soit-il le coupable ou la victime, il cherche à vivre avec les êtres et pour ainsi dire en eux.

Après ses années parisiennes coupées de voyages, Simenon a longtemps résidé aux États-Unis. En 1955 il revient en Europe où il s'installe d'abord sur la côte d'Azur, puis, en 1957, en Suisse dans sa propriété près de Lausanne, où vient de naître son 200e MAIGRET.

PLAN

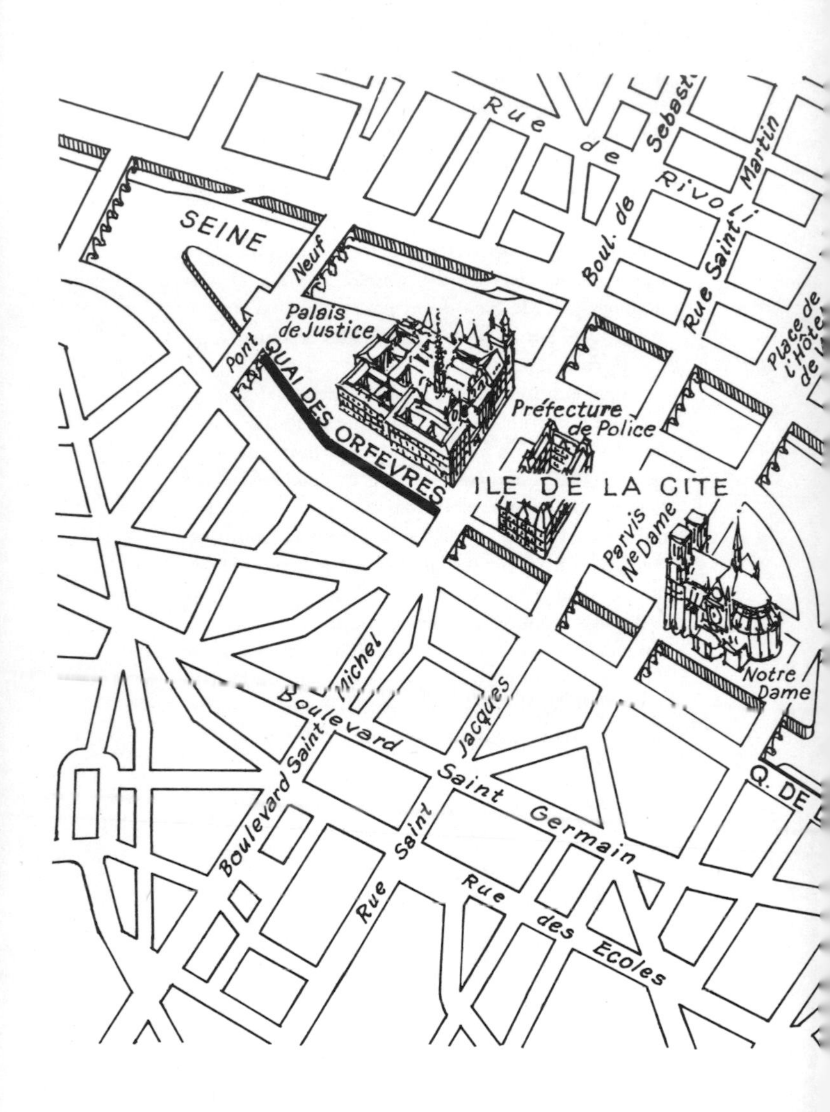

Rue de Rivoli
Boul. de Sebast
Rue Saint-Martin
SEINE
Pont Neuf
Palais de Justice
QUAI DES ORFEVRES
Préfecture de Police
ILE DE LA CITE
Place de l'Hôte de V
Parvis Ne Dame
Notre Dame
Boulevard Saint Michel
Rue Saint Jacques
Boulevard Saint Germain
Rue des Ecoles
Q. DE

DE PARIS

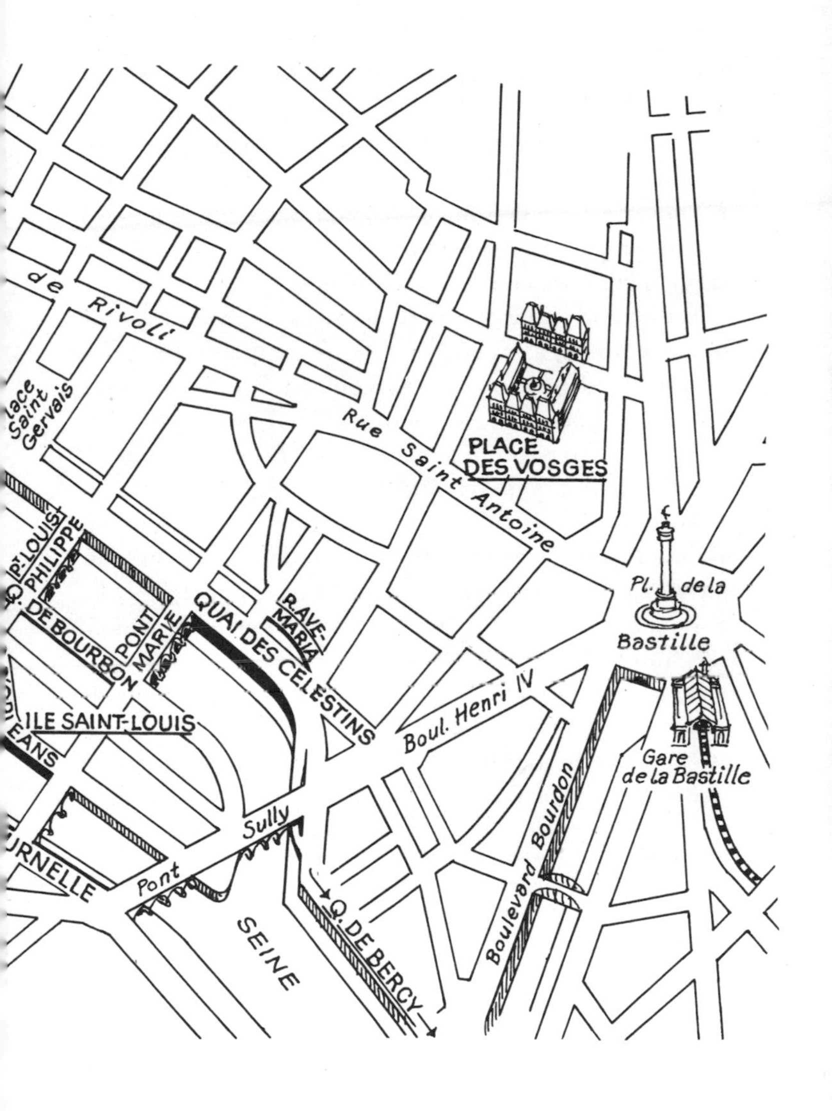
de Rivoli
Place Saint Gervais
Rue Saint Antoine
PLACE DES VOSGES
Pl. de la Bastille
Q. DE BOURBON
PONT MARIE
QUAI DES CELESTINS
R. AVE-MARIA
Boul. Henri IV
ILE SAINT-LOUIS
Gare de la Bastille
Boulevard Bourdon
Pont Sully
SEINE
Q. DE BERCY

I

Il y eut un moment, entre le *quai* des Orfèvres et le pont Marie où Maigret s'arrêta, si court, que Lapointe, qui marchait à son côté, n'y fit pas attention. Et pourtant, pendant quelques secondes, le commissaire venait de se retrouver à l'âge de son compagnon. Ceci était peut-être dû au temps, car, bien qu'on fût déjà le 25 mars, c'était la première vraie journée de printemps.

Les mains jointes derrière le dos, il regardait autour de lui, à droite, à gauche, en l'air, remarquant des choses auxquelles, depuis longtemps, il ne prêtait plus attention.

Pour un chemin aussi court, il n'était pas question de prendre une des voitures noires de la *Police Judiciaire*, et les deux hommes marchaient le long des quais.

Arrivés à l'*île Saint-Louis*, ils suivirent le quai de Bourbon jusqu'au pont Marie qu'ils traversèrent et, de là, ils pouvaient voir une *péniche* grise. Elle s'appelait « Le Poitou » et elle était en train de décharger le sable dont elle était pleine.

Une autre péniche se trouvait à une cinquantaine de mètres de la première. Plus propre, elle semblait avoir été nettoyée le matin même, et un *drapeau* belge flottait tranquillement à l'arrière, tandis que, près de la *cabine*

---

quai, le bord d'un fleuve dans une ville.

Police Judiciaire, ensemble des gens qui sont chargés de découvrir l'auteur ou les auteurs d'un crime.

île Saint-Louis, île au milieu de la Seine, en plein cœur de Paris.

péniche, bateau qui transporte des marchandises sur les fleuves.

cabine, chambre à bord d'un bateau.

blanche, un bébé dormait dans un *hamac* de toile. Un homme très grand, aux cheveux d'un blond pâle, regardait en direction du quai comme s'il attendait quelque chose.

Le nom du bateau, en lettres dorées, était « *De Zwarte Zwaan* », un nom *flamand*, que ni Maigret ni Lapointe ne comprenaient.

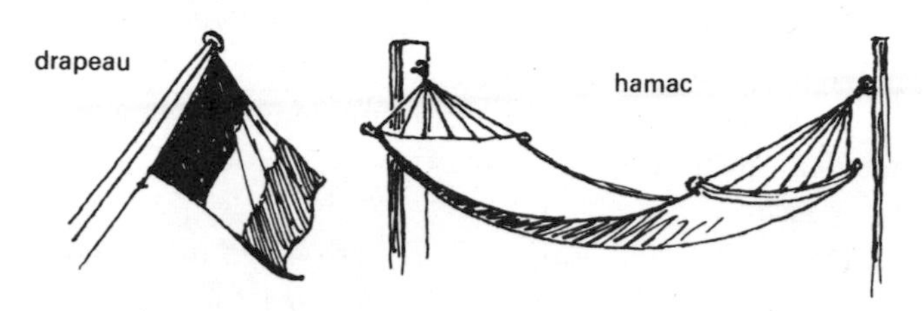

Il était dix heures moins deux ou trois minutes. Les policiers atteignirent le quai des Célestins et, alors qu'ils allaient descendre la *rampe* vers le port, une voiture s'arrêta et trois hommes en descendirent.

– Tiens ! On arrive en même temps.

Ils venaient du Palais de Justice aussi, mais de la partie plus solennelle réservée aux *magistrats*. Il y avait le juge

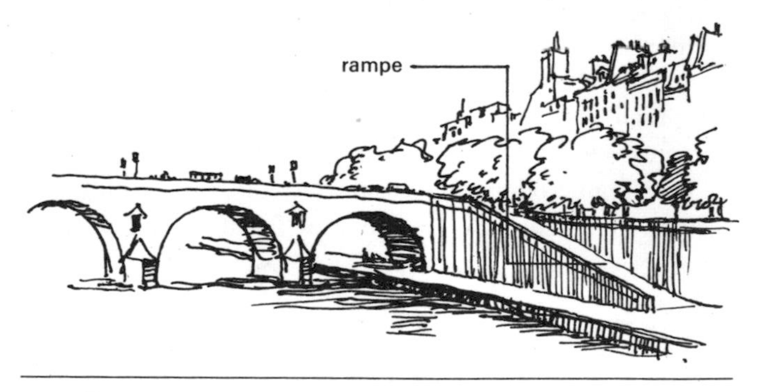

« *De Zwarte Zwaan* », « Le Cygne Noir ».
flamand, de la Flandre, une province de Belgique.
magistrat, juge.

Dantziger, le magistrat Parrain et un vieux *greffier* dont Maigret ne se rappelait jamais le nom, bien qu'il l'eût rencontré des centaines de fois.

Ils descendirent la rampe et arrivèrent au bord de l'eau, non loin de la péniche belge.

– C'est celle-ci ? demanda le magistrat.

Maigret n'en savait guère plus que ses compagnons. Il avait lu, dans les rapports *journaliers*, le récit de ce qui s'était passé au cours de la nuit et un coup de téléphone, une demi-heure plus tôt, l'avait prié d'assister à l'arrivée des magistrats.

Cela ne lui déplaisait pas. Il retrouvait un monde, une *ambiance* qu'il avait connus plusieurs fois. Tous les cinq s'avancèrent vers la péniche à moteur et le grand *marinier* blond fit quelques pas à leur rencontre.

– Donnez-moi la main, dit-il au magistrat qui marchait le premier. C'est plus prudent, n'est-ce pas ?

Son accent flamand était très fort.

– Vous vous appelez Joseph Van Houtte? interrogea Maigret après avoir jeté un coup d'œil sur un bout de papier.

– Jef Van Houtte, oui, monsieur.

– Vous êtes le propriétaire de ce bateau ?

– Bien sûr, monsieur, que je suis le propriétaire, qui est-ce qui le serait, autrement ?

Une bonne odeur de cuisine montait de la cabine et, au bas de l'escalier, on voyait une femme très jeune qui allait et venait.

---

greffier, celui qui est chargé de prendre des notes.
journalier, qui est fait tous les jours.
ambiance, atmosphère.
marinier, quelqu'un qui a pour profession de conduire des bateaux sur les rivières.

Maigret désigna le bébé dans le hamac.

– C'est votre fils ?

– Ce n'est pas un fils, monsieur ; c'est une fille. Yolande, elle s'appelle. Ma sœur s'appelle Yolande aussi . . .

Le magistrat Parrain éprouva le besoin d'interrompre, après avoir fait signe au greffier de prendre des notes.

– Racontez-nous ce qui s'est passé.

– Eh bien ! je l'ai tiré de l'eau et le camarade de l'autre bateau m'a aidé.

Il désigna le « Poitou » à l'arrière duquel un homme regardait de leur côté comme s'il attendait son tour.

– Vous connaissiez le *noyé ?*

– Je ne l'avais jamais vu.

– Depuis combien de temps êtes-vous *amarré* à ce quai ?

– Depuis hier soir. Je viens de Jeumont avec un chargement pour Rouen. Je comptais traverser Paris et m'arrêter pour la nuit à Suresnes. Je me suis aperçu tout à coup que quelque chose n'allait pas dans le moteur. Nous, on n'aime pas coucher en plein Paris, vous comprenez ?

De loin, Maigret apercevait deux ou trois *clochards* qui se tenaient sous le pont et, parmi eux, une femme très grosse qu'il lui semblait avoir déjà vue.

– Comment cela s'est-il passé ? L'homme s'est jeté à l'eau ?

– Je ne crois pas, monsieur. S'il s'était jeté à l'eau, qu'est-ce que les deux autres seraient venus faire ici ?

– Quelle heure était-il ? Où étiez-vous ? Dites-nous en détail ce qui s'est passé pendant la soirée. Vous vous êtes amarré au quai peu avant la tombée de la nuit ?

---

noyé, personne qui est morte en tombant dans l'eau.
amarrer, attacher un bateau avec une grosse corde.
clochard, vagabond.

– C'est juste.

– Avez-vous remarqué un clochard sous le pont ?

– Ces choses-là, on ne les remarque pas. Il y en a presque toujours.

– Qu'est-ce que vous avez fait ensuite ?

– On a dîné, Hubert, Anneke et moi.

– Qui est Hubert ?

– C'est mon frère. Il travaille avec moi. Anneke, c'est ma femme. Son vrai nom est Anna, mais on l'appelle Anneke.

– Ensuite ?

– Mon frère a mis son beau costume et est allé danser. C'est de son âge, n'est-ce pas ?

– Quel âge a-t-il ?

– Vingt-deux ans.

– Il est ici ?

– Il est allé au marché. Il va revenir.

– Qu'avez-vous fait après dîner ?

– Je suis allé travailler au moteur. J'ai vu tout de suite ce qui n'allait pas et, comme je comptais partir ce matin, j'ai fait la réparation.

Il les observait tour à tour, sans confiance, comme les gens qui n'ont pas l'habitude d'avoir affaire à la justice.

– A quel moment avez-vous terminé ?

– Je n'ai pas terminé. C'est seulement ce matin que j'ai fini le travail.

– Où étiez-vous quand vous avez entendu les cris ?

Il *se gratta la tête* en regardant devant lui.

– D'abord, je suis remonté une fois pour fumer une cigarette et pour voir si Anneke dormait.

– A quelle heure ?

– Vers dix heures. Je ne sais pas au juste.

– Elle dormait ?

– Oui, monsieur. Et la petite dormait aussi. Il y a des nuits où elle pleure, parce qu'elle fait ses premières dents . . .

– Vous êtes retourné à votre moteur?

– C'est sûr.

– Ensuite?

– Ensuite, longtemps après, j'ai entendu un bruit de moteur, comme si une voiture s'arrêtait pas très loin du bateau.

– Vous n'êtes pas allé voir?

– Non, monsieur. Pourquoi est-ce que je serais allé voir?

– Continuez.

– Un peu plus tard, il y a eu un plouf.

– Comme si quelqu'un tombait dans la Seine?

– Oui, monsieur.

– Et alors?

– Je suis monté pour voir.

– Qu'avez-vous vu?

– Deux hommes qui couraient vers la voiture.

– Il y avait donc bien une voiture?

– Oui, monsieur. Une voiture rouge. Une 403 Peugeot.

– Il faisait assez clair pour que vous la distinguiez?

– Il y avait de la lumière juste au-dessus du mur.

– Comment étaient les deux hommes?

se gratter la tête

– Le plus petit portait un *imperméable* clair et avait de larges épaules.

– Et l'autre?

– Je ne l'ai pas si bien remarqué parce qu'il est entré le premier dans la voiture. Il a tout de suite mis le moteur en marche.

– Vous n'avez pas noté le numéro de la voiture?

– Je sais seulement qu'il y avait deux 9 et que cela finissait par 75.

– Quand avez-vous entendu les cris?

– Quand la voiture s'est mise en marche.

– Autrement dit, il s'est passé un certain temps entre le moment où l'homme a été jeté à l'eau et le moment où il a crié? Sinon, vous auriez entendu les cris plus tôt?

– Je pense que oui, monsieur. La nuit, c'est plus calme que maintenant.

– Quelle heure était-il?

– Minuit passé.

– Il y avait des passants sur le pont Marie?

– Je n'ai pas regardé en l'air.

Au-dessus du mur, sur le quai, quelques passants s'étaient arrêtés, curieux de voir ces hommes qui discutaient sur le pont d'un bateau. Même les clochards s'étaient avancés de quelques mètres. Pendant tout ce temps, le « Poitou » continuait à décharger du sable dans des *camions* qui attendaient leur tour.

– Il a crié fort?

– Oui, monsieur.

– Quel genre de cri? Il appelait au secours?

– Il criait. Puis, on n'entendait plus rien. Puis . . .

– Qu'avez-vous fait?

---

imperméable, manteau de pluie.

– J'ai sauté dans la *barque*.

– Vous pouviez voir l'homme qui se noyait?

– Non, monsieur. Pas tout de suite. Le *patron* du « Poitou » avait dû entendre aussi, car il courait le long de son bateau en essayant d'*attraper* l'homme avec sa *gaffe*.

– Continuez.

Le Flamand faisait son possible, mais cela lui était difficile et on voyait des gouttes d'eau sur son front.

– Là! . . . là! . . . qu'il disait.

– Qui?

– Le patron du « Poitou ».

– Et vous l'avez vu?

– A certains moments, je le voyais, et à d'autres je ne le voyais pas, car il était entraîné par le courant.

– Votre barque aussi, je suppose?

– Oui, monsieur. Le camarade a sauté dedans.

– Celui du « Poitou »?

Jef *soupira*, fatigué de toutes ces questions. Pour lui,

---

barque, petit bateau, souvent attaché à une péniche.
patron, ici: celui à qui appartient la péniche et qui, par conséquent, commande; mais aussi: titre d'un supérieur par rapport à ses employés.
attraper, saisir en passant.
soupirer, respirer profondément pour laisser entendre que l'on n'est pas content.

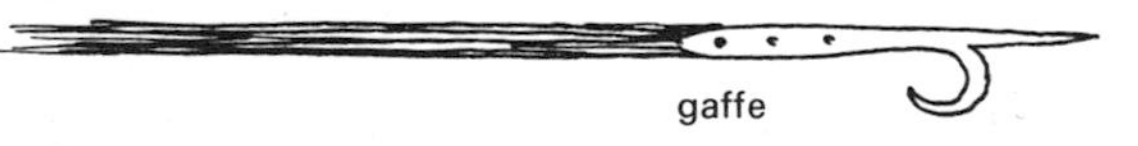

c'était tout simple et il avait dû vivre des scènes semblables plusieurs fois dans sa vie.

– A vous deux, vous l'avez tiré de l'eau?

– Oui.

– Comment était-il?

– Il avait encore les yeux ouverts et, dans la barque, il s'est mis à *vomir*.

– Il n'a rien dit?

– Non, monsieur.

– Il paraissait effrayé?

– Non, monsieur.

– De quoi avait-il l'air?

– De rien. A la fin, il n'a plus bougé et l'eau a continué de couler de sa bouche.

– Il gardait les yeux ouverts?

– Oui, monsieur. J'ai pensé qu'il était mort.

– Vous avez été chercher du secours?

– Non, monsieur. Ce n'est pas moi. Quelqu'un nous a appelés, du pont.

– Il y avait donc quelqu'un sur le pont Marie?

– A ce moment-là, oui. Il nous a demandé s'il s'agissait d'un noyé. J'ai répondu que oui. Il a crié qu'il allait prévenir la police.

– Il l'a fait?

– Sans doute, puisqu'un peu plus tard deux agents sont arrivés.

– Il pleuvait déjà?

– Il s'est mis à pleuvoir quand le type a été monté sur le pont de mon bateau.

– Votre femme s'est éveillée?

---

vomir, rendre par la bouche ce qu'on a mangé ou bu.

– Il y avait de la lumière dans la cabine et Anneke, qui avait mis un manteau, nous regardait.

– Quand avez-vous vu le sang?

– Quand l'homme a été couché près de la lumière. Ça lui sortait par un trou qu'il avait à la tête.

– Les agents sont arrivés tout de suite?

– Presque tout de suite.

– Et le passant qui les avait prévenus?

– Je ne l'ai pas revu.

– Vous savez sans doute que le clochard a été frappé à la tête avant d'être jeté à l'eau?

– C'est ce que le docteur a dit. Car un des agents est allé chercher un docteur. Puis une ambulance est venue. Le blessé une fois parti, j'ai dû laver le pont, tellement il y avait de sang.

– Comment, selon vous, les choses se sont-elles passées?

– Je ne sais pas, moi, monsieur.

– Vous avez dit aux agents . . .

– J'ai dit ce que je croyais.

– Répétez-le.

– Je suppose qu'il dormait sous le pont . . .

– Mais vous ne l'aviez pas vu avant?

– Je n'avais pas fait attention. Il y a toujours des gens qui dorment sous les ponts.

– Bon. Une voiture a descendu la rampe . . .

– Une voiture rouge. Ça, j'en suis sûr.

– Elle s'est arrêtée près de votre péniche?

Il fit oui de la tête et tendit le bras vers un certain point de la rampe.

– Est-ce que le moteur a continué de tourner?

Cette fois-ci, la tête fit non.

– Mais vous avez entendu des pas?

– Oui, monsieur, et j'ai vu deux types qui revenaient vers la voiture.

– Vous ne les avez pas vus se diriger vers le pont?

– Je travaillais en bas, au moteur.

– Ces deux individus, dont l'un portait un imperméable clair, auraient tué le clochard endormi et l'auraient jeté dans la Seine?

– Quand je suis monté, il était déjà dans l'eau . . .

– Le rapport du médecin affirme qu'il ne peut pas s'être fait cette blessure à la tête en tombant à l'eau. Même pas au cours d'une chute sur le bord du quai . . .

Van Houtte les regardait avec l'air de dire que cela n'était pas son affaire.

– Nous pouvons interroger votre femme?

– Je veux bien que vous parliez à Anneke. Seulement, elle ne vous comprendra pas, car elle ne parle que le flamand.

Le magistrat regardait Maigret comme pour lui demander s'il avait des questions à poser et le commissaire fit signe que non. S'il en avait, ce serait plus tard, lorsque les juges ne seraient plus là.

– Quand est-ce que nous pourrons partir? demanda le marinier.

– Dès que vous aurez signé votre *témoignage*. A condition de nous laisser savoir où vous allez . . .

– A Rouen.

– Il faudra ensuite nous tenir au courant de votre voyage. Mon greffier viendra vous faire signer les papiers.

– Quand?

– Sans doute au début de l'après-midi.

Cela ne semblait pas plaire au marinier.

---

témoignage, le fait de dire ce qu'on a vu ou entendu.

– Au fait, à quelle heure votre frère est-il rentré ?
– Un peu après le départ de l'ambulance.
– Je vous remercie.

Jef Van Houtte l'aida à nouveau à franchir l'étroite *passerelle* et le petit groupe se dirigea vers le pont tandis que les clochards, de leur côté, s'éloignaient de quelques mètres.

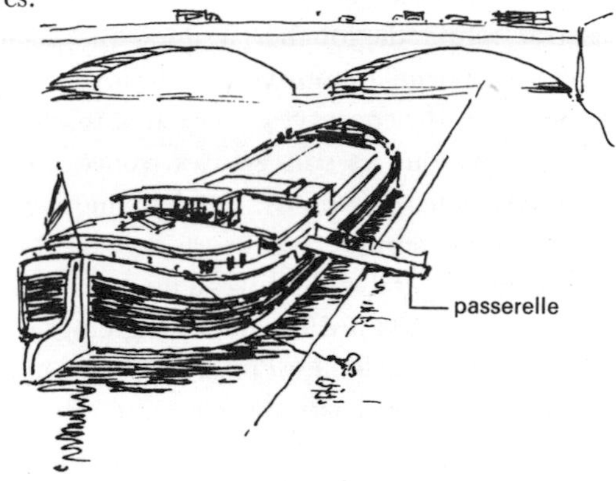

– Qu'est-ce que vous en pensez, Maigret ?
– Je pense que c'est curieux. Il est assez rare qu'on attaque un clochard.

Sous le pont Marie, il y avait contre le mur de pierre, ce qu'on aurait pu appeler une *niche*. Cela n'avait pas de

forme, cela n'avait pas de nom et pourtant cela avait été, depuis un certain temps, semblait-il, l'abri d'un être humain.

C'était fait de vieilles caisses et de morceaux de toile. Il y avait juste assez de place pour qu'un homme puisse s'y replier. Par terre, de la paille, des couvertures déchirées et des journaux répandaient une odeur forte.

Le magistrat refusa de toucher à quoi que ce fût et c'est Maigret qui se pencha pour voir ce qu'il y avait.

Une vieille boîte de conserves, avec des trous, avait servi de *fourneau* et, sous les couvertures trouées, le commissaire découvrit une sorte de trésor : deux morceaux de pain, une dizaine de centimètres de *saucisson* et, dans un autre coin, des livres dont il lut les titres à mi-voix. Soudain, il saisit un journal qui avait dû traîner longtemps sous la pluie. C'était un numéro de la « Presse Médicale ».

Le juge Dantziger paraissait aussi étonné que le magistrat.

– Drôles de lectures, remarqua-t-il.

Maigret continua ses recherches, mais outre les livres, il ne trouva que quelques vieux vêtements.

– L'homme est mort ? demanda le magistrat.

– Il vivait il y a une heure, quand j'ai téléphoné à l'*Hôtel-Dieu*.

– On espère le sauver ?

– On essaie. Il a une fracture du crâne et il n'a toujours pas repris connaissance.

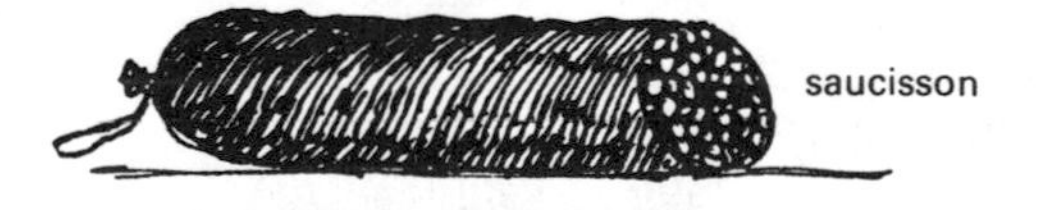

---

fourneau, appareil qui sert à faire cuire ce que l'on mange.
Hôtel-Dieu, grand hôpital, au cœur de Paris.

Maigret se tourna vers le petit groupe de clochards et observa les visages l'un après l'autre.

– Approche, toi! dit-il à la femme en la désignant du doigt. Où est-ce que tu couches?

La femme lui souriait.

– Là, disait-elle en montrant le pont Louis-Philippe.

– Tu connaissais le type qu'on a tiré de l'eau la nuit dernière?

Elle sentait le vin et, les mains sur le ventre, elle répondit:

– Nous, on l'appelait le *Toubib.*

– Pourquoi?

– Parce que c'était quelqu'un d'instruit. On dit qu'il a été vraiment médecin autrefois.

– Il y a longtemps qu'il vivait sous les ponts?

– Des années.

– Combien?

– Je ne sais pas. Je ne les compte plus.

Cela la faisait rire. La bouche fermée, elle paraissait âgée d'une soixantaine d'années. Mais, quand elle parlait, on voyait qu'elle n'avait pas de dents, et elle semblait beaucoup plus vieille. Ses yeux, pourtant, riaient toujours. De temps en temps, elle se tournait vers les autres, comme pour les prendre à témoin.

– Ce n'est pas vrai? leur demanda-t-elle.

Ils firent oui de la tête, quoique mal à l'aise devant la police et ces messieurs trop bien habillés.

– Il vivait seul?

Cela la fit rire à nouveau.

– Avec qui aurait-il vécu?

– Il a toujours habité sous ce pont-ci?

---

toubib, mot familier pour docteur.

– Pas toujours. Je l'ai connu sous le Pont-Neuf. Et, avant ça, quai de Bercy.

– Qu'est-ce que tu sais d'autre?

– Rien.

– Il ne t'a jamais parlé?

– Bien sûr que si. C'est même moi qui, de temps en temps, lui coupais les cheveux. Il faut s'aider . . .

– Il buvait beaucoup?

Maigret savait que la question n'avait pas de sens, car ils buvaient à peu près tous.

– Du vin rouge?

– Comme les autres.

– Beaucoup?

– Je ne l'ai jamais vu *ivre*. Ce n'est pas comme moi . . .

– Tu n'as rien entendu, la nuit dernière?

Elle désigna le pont Louis-Philippe, comme pour montrer la distance qui le sépare du pont Marie.

– C'est trop loin.

– Et vous autres? demanda Maigret, tourné vers les trois clochards.

Ils secouaient la tête, toujours inquiets.

– Si nous allions voir le marin du « Poitou »? proposa le magistrat, mal à l'aise dans cette ambiance.

L'homme les attendait. Il était très différent du Flamand. Lui aussi avait sa femme et ses enfants à bord.

– C'est drôle, non?

– Qu'est-ce qui est drôle?

– Que des gens prennent la peine d'attaquer un clochard et de le jeter à l'eau.

– Vous les avez vus?

– Je n'ai rien vu du tout.

---

ivre, qui a bu trop de vin.

– Où étiez-vous?

– Quand on a frappé le type? Dans mon lit...

– Qu'est-ce que vous avez entendu?

– J'ai entendu quelqu'un qui criait.

– Pas de voiture?

– Il est possible que j'aie entendu une voiture, mais il en passe tout le temps sur le quai, là-haut, et je n'y ai pas fait attention.

– Vous êtes monté sur le pont?

– En pyjama. Je n'ai pas pris le temps de mettre un pantalon.

– Une fois sur le pont du bateau, qu'avez-vous vu?

– Rien. La Seine qui coulait, comme toujours. J'ai fait: «Ho! Ho!» pour que le type réponde et pour savoir de quel côté il était.

– Où se trouvait Jef Van Houtte à ce moment-là?

– Le Flamand? Je l'ai aperçu sur le pont de son bateau. Il était en train de mettre sa barque à l'eau. Quand il est arrivé à côté de moi, poussé par le courant, j'ai sauté dedans. L'autre, dans l'eau, apparaissait de temps en temps, puis disparaissait. Le Flamand a essayé de l'attraper avec ma gaffe.

– Ce n'est pas avec la gaffe qu'il l'aurait blessé à la tête?

– Sûrement pas. D'ailleurs, on l'a attrapé par son pantalon. Je me suis tout de suite penché et je l'ai saisi par une jambe.

– Il avait perdu connaissance?

– Il avait les yeux ouverts.

– Il n'a rien dit?

– Il a vomi de l'eau. Après, sur le bateau du Flamand, on s'est aperçu qu'il était blessé . . .

– Je crois que c'est tout, dit le magistrat à mi-voix.

– Je m'occuperai du reste, répondit Maigret.

– Vous allez à l'hôpital ?

– J'irai *tout à l'heure*. D'après les médecins, il ne sera pas en mesure de parler avant plusieurs heures.

– Tenez-moi au courant.

– Je n'y manquerai pas.

Comme ils passaient à nouveau sous le pont Marie, Maigret dit à Lapointe :

– Va téléphoner au commissariat du quartier pour qu'on m'envoie un agent.

– Où est-ce que je vous retrouve, patron ?

– Ici.

Et il serra gravement la main des magistrats.

Questions

1. En quelle saison sommes-nous ?
2. Où se passe la scène ?
3. Combien de péniches y a-t-il ?
4. Quelles sont les personnes qui rejoignent le commissaire Maigret ?
5. Qui est le propriétaire de la péniche belge ?
6. Que s'est-il passé la veille au soir ?
7. Qui est la victime ?
8. Pourquoi appelle-t-on le clochard «le Toubib» ?
9. Qui a aidé Van Houtte à sauver le noyé ?
10. Qu'apprend Maigret par la grosse femme sur le Toubib ?

---

tout à l'heure, dans un petit instant.

2

– Comment t'appelles-tu ?

– Léa. On dit la grosse Léa.

Maigret s'était à nouveau penché sur les objets dans la niche du Toubib, et la grosse femme était venue le retrouver sous le pont. Il se sentait plus à son aise, maintenant que les magistrats étaient partis. Il prenait son temps, découvrait des choses de cuisine et une paire de *lunettes* qu'il essayait.

– Il ne s'en servait que pour lire, expliqua la grosse Léa.

– Ce qui m'étonne, commença-t-il en la regardant, c'est de ne pas trouver . . .

Elle ne le laissa pas finir, s'éloigna de deux mètres et, de derrière une grosse pierre, tira une bouteille encore à moitié pleine de vin.

– Tu en as bu ?

– Oui. Je comptais finir le reste. Il ne sera plus bon quand le Toubib reviendra.

– Quand as-tu pris ça ?

– Cette nuit, après que l'ambulance l'a emporté.

– Tu n'as touché à rien d'autre ?

La mine sérieuse, elle répondit :

– Je le jure !

Il la croyait. Il savait par expérience que les clochards ne se volent pas entre eux.

En face, dans l'île Saint-Louis, les fenêtres étaient ouvertes sur de jolis appartements et on distinguait une femme qui se brossait les cheveux.

– Tu sais où il achetait son vin?

– Je l'ai vu sortir plusieurs fois d'un bistrot de la rue de l'Ave-Maria. C'est tout près d'ici. Au coin de la rue des Jardins.

– Comment était le Toubib avec les autres?

Cherchant à faire plaisir, elle réfléchissait.

– Je ne sais pas, moi. Il n'était pas très différent.

– Il ne parlait jamais de sa vie?

– Personne n'en parle.

Sous de vieux journaux qui servaient au clochard à se tenir chaud, Maigret venait de trouver un petit cheval d'enfant en bois. Il ne s'en étonnait pas. La grosse Léa non plus.

Quelqu'un venait de descendre la rampe d'un pas silencieux et s'approchait de la péniche belge. Il tenait à chaque main un *filet* plein de provisions.

filet

C'était sans doute le frère, car il ressemblait à Jef Van Houtte, en plus jeune. Une fois sur le bateau, il parla à l'autre, puis regarda dans la direction du commissaire.

Se tournant vers la grosse Léa, Maigret dit:

– Ne touche à rien. J'aurai peut-être encore besoin de toi. Si tu apprenais quelque chose . . .

– Vous me voyez, comme je suis, me présenter à votre bureau?

Puis, désignant la bouteille, elle demanda:

– Je peux la finir?

Il répondit d'un signe de tête et alla à la rencontre de Lapointe qui revenait en compagnie d'un agent en uniforme. Il donna ses instructions à celui-ci: garder les choses qui représentaient la fortune du Toubib jusqu'à l'arrivée d'un spécialiste.

Après quoi, accompagné de Lapointe, il se dirigea vers le « Zwarte Zwann ».

– Vous êtes Hubert Van Houtte?

Celui-ci, plus silencieux ou plus méfiant que son frère, se contentait de faire oui de la tête.

– Vous êtes allé danser, la nuit dernière?

– Il y a du mal à ça?

– A quel bal étiez-vous?

– Près de la place de la Bastille. Ça s'appelle « Chez Léon ».

– Vous le connaissiez déjà?

– J'y suis allé plusieurs fois.

– Vous ne savez donc rien de ce qui s'est passé?

– Seulement ce que mon frère m'a raconté. Quand est-ce qu'on pourra partir?

– Sans doute cet après-midi. Dès que le juge aura fait signer les papiers par votre frère.

Un peu plus tard, Maigret et Lapointe traversèrent le quai des Célestins et, au coin de la rue de l'Ave-Maria, ils trouvèrent un bistrot qui s'appelait « Petit *Turin* ». Le patron se tenait devant la porte. Il n'y avait personne à l'intérieur.

– On peut entrer?

Il *se poussa*, étonné de voir des gens comme eux pénétrer

Turin, ville en Italie.
se pousser, se retirer pour laisser de la place.

dans son bistrot. Celui-ci était tout petit et, en dehors du *comptoir*, il n'y avait que trois tables.

– Qu'est-ce que je peux vous servir ?

– Du vin.

– *Chianti ?*

Le patron prit une bouteille sous le comptoir et remplit les verres en observant toujours les deux hommes d'un œil curieux.

– Vous connaissez un clochard nommé le Toubib ?

– Comment va-t-il ? J'espère qu'il n'est pas mort ?

– Vous êtes au courant ? demanda Maigret.

– Je sais qu'il lui est arrivé quelque chose la nuit dernière.

– Qui vous l'a dit ?

– Un autre clochard, ce matin.

– Que vous a-t-on dit exactement ?

– Qu'il s'est passé quelque chose près du pont Marie, et qu'une ambulance était venue chercher le Toubib.

---

chianti, vin i italien.

– C'est tout?

– Il paraît que ce sont des mariniers qui l'ont retiré de l'eau.

– C'est ici que le Toubib achetait son vin?

– Souvent.

– Il en buvait beaucoup?

– Environ deux litres par jour. Quand il avait de l'argent . . .

– Comment le gagnait-il?

– Comme ils le gagnent tous. En travaillant *aux Halles* de temps en temps, ou bien en promenant des *panneaux-réclames* dans les rues. A lui, je *faisais* volontiers *crédit.*

– Pourquoi?

– Parce que ce n'était pas un vagabond comme les autres. Il a sauvé ma femme . . .

On la voyait dans la cuisine, presque aussi grosse que Léa, mais très *alerte.*

– Tu parles de moi?

– Je raconte que le Toubib . . .

Alors, elle pénétra dans le bistrot en s'essuyant les mains à son *tablier.*

---

les Halles, le grand marché central de Paris.
faire crédit (*à qn*), accepter qu'il paye plus tard.
alerte, prompt dans ses mouvements.

– C'est vrai qu'on a essayé de le tuer? Vous êtes de la police? Vous croyez qu'il sera sauvé?

– On ne sait pas encore, répondit le commissaire, fatigué. De quoi vous a-t-il sauvée?

– J'étais couverte d'*eczéma* et cela durait depuis des mois et des mois. On me faisait suivre beaucoup de traitements, on me donnait des pommades qui sentaient mauvais, mais rien à faire. Un jour que le Toubib était là, tenez, dans le coin, près de la porte, et que je me plaignais, j'ai senti qu'il me regardait d'une drôle de façon. Un peu plus tard, il me dit de la même voix qu'il aurait commandé un verre de vin:

– Je crois que je peux vous *guérir*.

– Je lui ai demandé s'il était vraiment docteur et il a souri en répondant:

– On ne m'a pas retiré le droit de pratiquer.

– Ensuite il m'a demandé un peu d'argent, et il est allé lui-même chercher de la poudre à la pharmacie.

– Vous prenez cela, dans de l'eau, avant chaque repas. Et vous vous laverez, matin et soir, avec de l'eau très *salée*.

– Vous me croirez si vous voulez, mais, deux mois après, ma peau était redevenue comme elle est maintenant.

– Il en a soigné d'autres que vous?

– Je ne sais pas. Il ne parlait pas beaucoup. Je sais seulement qu'il a eu une fille, car nous en avons une et, une fois qu'elle le regardait curieusement, il lui a dit:

– N'aie pas peur. J'ai eu une petite fille aussi . . .

---

eczéma, maladie de la peau.
guérir, rendre la santé à un malade.
salé, avec beaucoup de sel.

– Je vous dois combien ? interrompit Maigret.

– Vous n'en prenez pas un autre ? A la santé du pauvre Toubib ?

Ils burent le second verre, que l'Italien refusa de leur laisser payer. Puis, ils franchirent le pont Marie.

Quelques minutes plus tard, ils pénétrèrent dans l'Hôtel-Dieu. Après avoir longuement parlé avec une femme dans le bureau à l'entrée pour savoir où le Toubib était couché, ils montèrent au troisième. Là, ils furent reçus par une *infirmière*-chef qui, d'un ton peu aimable, demanda à Maigret :

– C'est vous qui venez pour le clochard ?

– Commissaire Maigret, répondit-il.

Elle cherchait dans sa mémoire. Ce nom ne lui disait rien.

– Comment va-t-il ?

– Je crois que le professeur Magnin s'en occupe en ce moment.

– Il a été opéré ?

– Qui vous a parlé d'opération ?

– Je ne sais pas. Je croyais . . .

Ici, Maigret ne se sentait pas à sa place et devenait *timide*.

– Sous quel nom l'avez-vous inscrit ?

– Le nom qui figurait sur la *carte d'identité*.

– C'est vous qui avez cette carte ?

– Je peux vous la montrer.

---

infirmière, celle qui aide le médecin à soigner les malades.
timide, qui manque d'assurance.
carte d'identité, document portant nom, adresse, profession, date de naissance et photo d'une personne et permettant ainsi de la reconnaître.

Elle pénétra dans un petit bureau et trouva tout de suite une carte, encore mouillée de l'eau de la Seine.

Nom: Keller

Prénoms: François, Marie, Florentin.

Profession: *chiffonnier*.

Né à: Mulhouse, Bas-Rhin.

D'après ce document, l'homme avait soixante-trois ans et son adresse à Paris était la place Maubert, au numéro que le commissaire connaissait bien, car il servait de *domicile* officiel à un certain nombre de clochards.

Elle voulut reprendre la carte d'identité que Maigret glissait dans sa poche.

– Ce n'est pas régulier . . . Le règlement . . .

Elle hésita, finit par céder.

– Après tout, vous vous arrangerez avec le professeur.

– Quand est-ce que je pourrai le voir?

– Je crois qu'il est toujours occupé, mais je vais aller voir.

Elle disparut et, peu après, elle revint en leur disant:

– Il aura fini dans quelques minutes. Il vous prie de l'attendre dans son bureau.

Maigret était en train d'allumer sa pipe quand le professeur entra dans la pièce:

– Excusez-moi de vous avoir fait attendre, monsieur le commissaire. Quand mon infirmière m'a appris que vous étiez là, j'ai été un peu étonné. Après tout . . .

Allait-il dire qu'après tout il ne s'agissait que d'un clochard? Non.

. . . L'affaire est assez *banale*, je pense?

---

chiffonnier, personne qui ramasse de vieux vêtements.
domicile, endroit où l'on habite.
banal, sans originalité.

– Je ne sais encore à peu près rien et je compte sur vous pour me le dire.

– Une belle fracture du crâne, pas grave, heureusement, car le cerveau ne semble pas atteint.

– Cette fracture peut-elle avoir été produite par une chute sur le quai ?

– Certainement pas. L'homme a été frappé avec violence avec un instrument lourd.

– Vous voulez dire qu'il a reçu un coup sur la tête? Un seul?

– Pourquoi me demandez-vous ça?

– Cela peut avoir de l'importance.

– Au premier coup d'œil, j'ai pensé qu'il avait peut-être reçu plusieurs coups, mais après l'avoir lavé, j'ai trouvé que ce n'étaient que des blessures peu profondes. Où cela s'est-il passé ?

– Sous le pont Marie.

– Au cours d'une *bagarre?*

– Il paraît que non. L'homme était couché, semble-t-il, endormi, au moment où il a été attaqué.

– C'est tout à fait possible. Il a perdu connaissance, de sorte qu'on a pu le croire mort.

– Comment cela se fait-il qu'une fois dans la Seine il se soit mis à crier?

– Vous m'en demandez beaucoup. Mettons que le contact avec l'eau froide . . .

– On dit que, lorsqu'on l'a retiré de l'eau, il avait les yeux ouverts.

– Cela ne prouve pas qu'il avait repris connaissance. Je suppose que vous aimeriez le voir? Venez avec moi.

---

bagarre, on parle d'une bagarre quand deux ou plusieurs personnes se battent.

Il les emmena vers une porte, derrière laquelle on voyait deux rangs de lits, tous occupés. En s'arrêtant devant un des lits, il se tourna vers Maigret:

– Vous ne voyez pas grand-chose.

En fait, on ne voyait que des *pansements* qui entouraient la tête et le visage du clochard. Seulement les yeux, le nez et la bouche étaient découverts.

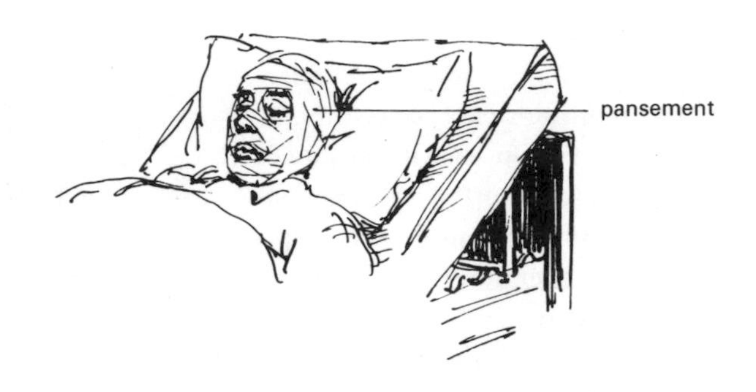

– Combien de chances a-t-il d'être sauvé?

– Mettons quatre-vingts pour cent, car le cœur est fort.

– Je vous remercie.

– On vous préviendra dès qu'il reprendra connaissance. Laissez votre numéro de téléphone à l'infirmière-chef.

Cela faisait du bien de se retrouver dehors, de voir le soleil. Maigret marchait à nouveau sans rien dire et Lapointe savait qu'il réfléchissait.

Une fois rentré à son bureau, Maigret donna l'ordre à Lucas d'aller chercher tous les objets appartenant au Toubib, et il envoya Lapointe se renseigner sur les voitures rouges portant deux 9 et étant de Paris.

Ensuite, il rentra chez lui. Rêvant, il était en train de manger son plat de viande quand sa femme lui demanda:

– A quoi penses-tu?
– A mon clochard.
– Quel clochard?
– Un type qui aurait été médecin autrefois.
– Qu'est-ce qu'il a fait?
– Rien que je sache. C'est à lui qu'on a cassé la tête alors qu'il dormait sous le pont Marie. Après quoi on l'a jeté à l'eau.
– Il est mort?
– Il a été tiré de l'eau à temps par des mariniers.
– Que lui voulait-on?
– C'est ce que je me demande. Au fait, il est né à Mulhouse, comme ton beau-frère.
La sœur de Mme Maigret habitait Mulhouse avec son mari et les Maigret étaient allés assez souvent la voir.
– Comment s'appelle-t-il?
– Keller . . . François Keller.
– C'est drôle, mais le nom me dit quelque chose.
– C'est un nom assez courant là-bas.
– Si je téléphonais à Florence?
Il haussa les épaules. Pourquoi pas? Il n'y croyait pas, mais cela ferait plaisir à sa femme.
Dès qu'elle eut servi le café, elle appela Mulhouse. Après une conversation d'un quart d'heure, elle s'adressa, toute fière, à Maigret.
– J'étais sûre que je connaissais le nom. Tu as compris ce qu'elle disait? Il semble que ce soit ce Keller-là, François, qui était médecin et qui a épousé la fille d'un magistrat. Celui-ci est mort peu avant le mariage. Il y a une vingtaine d'années, Mme Keller a *hérité* d'une de ses

---

hériter, recevoir des biens ou de l'argent d'une personne après sa mort.

tantes. Elle est maintenant très riche. Le docteur était un original. Tu as entendu ce que j'ai dit? Un *sauvage,* selon le mot de ma sœur. Ils ont quitté leur maison pour s'installer dans un *hôtel particulier.* Ils ont eu une fille qui est maintenant mariée avec le fils Rousselet, des produits pharmaceutiques, et ils vivent à Paris. Après le *déménagement,* Keller est encore resté un an avec sa femme, puis il a disparu tout à coup. Florence va téléphoner à ses amies, surtout les plus âgées, pour obtenir d'autres renseignements. Elle a promis de me rappeler. Cela t'intéresse?

– Tout m'intéresse, soupira-t-il en se levant de son fauteuil pour aller changer de pipe.

---

sauvage, qui fuit la société, qui aime vivre seul.
hôtel particulier, demeure vaste et luxueuse.
déménagement, le fait d'aller habiter une autre maison.

Questions

1. Où était Hubert Van Houtte pendant le drame ?
2. Comment le Toubib a-t-il sauvé la femme du café ?
3. Comment Maigret apprend-il que le Toubib a une fille ?
4. Dans quel hôpital se trouve le Toubib ?
5. Par qui sont-ils reçus à l'hôpital ?
6. Qu'y a-t-il d'inscrit sur la carte du Toubib ?
7. Le Toubib a-t-il repris connaissance ?
8. Quelles sont ses blessures ?
9. De quelle ville est-il originaire ?
10. Pourquoi Mme Maigret téléphone-t-elle à sa sœur ?

3

De retour à son bureau, Maigret se mit à regarder dans l'*annuaire téléphonique* de Paris.

– Rousselet . . . Amédée . . . Arthur . . . Aline . . .

Il y avait toute une série de Rousselet, mais il trouva, écrit en plus gros: Laboratoires René Rousselet.

Les laboratoires se trouvaient dans le XIVe *arrondissement* et l'adresse particulière figurait juste en dessous: boulevard Suchet, dans le XVIe.

– Allô! Je voudrais parler à Mme Rousselet, s'il vous plaît.

Une femme à la voix fort agréable demanda:

– De la part de qui?

– Du commissaire Maigret, de la Police Judiciaire.

Il y eut un silence, puis:

– Pouvez-vous me dire de quoi il s'agit?

– C'est personnel.

– Je suis Mme Rousselet.

– Vous êtes née à Mulhouse et votre nom de jeune fille est bien Keller?

– Oui.

– J'aimerais avoir un *entretien* avec vous le plus tôt possible. Puis-je passer à votre domicile?

– Vous avez une mauvaise nouvelle à m'annoncer?

– J'ai seulement besoin de quelques renseignements.

---

annuaire téléphonique, livre publié chaque année contenant le numéro de téléphone des abonnés.
arrondissement, Paris est divisé en « arrondissements ».
entretien, le fait de parler avec quelqu'un.

– Je vous attends, monsieur le commissaire. Notre appartement est au troisième étage.

Maigret apprécia les avenues calmes, les maisons riches et les arbres des beaux quartiers où le conduisait une petite voiture de la P.J. conduite par l'inspecteur Torrence.

– Je monte avec vous?

– Je pense qu'il vaut mieux pas.

Il eut à peine le temps de presser le bouton de sonnerie que la porte s'ouvrit et qu'un *valet de chambre* en veste blanche lui prit son chapeau.

– Par ici, voulez-vous?

Une autre porte s'ouvrit, celle du grand salon.

– Entrez, monsieur le commissaire.

Maigret avait compté qu'elle devait avoir dans les trente-cinq ans. Elle ne les paraissait pas. Elle était brune, vêtue d'un *tailleur* léger. Son regard, qui avait la même douceur que sa voix, posait déjà une question, tandis que le valet refermait la porte.

– Asseyez-vous. Depuis que vous m'avez téléphoné, je me demande . . .

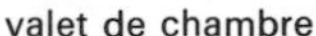

valet de chambre

Au lieu d'entrer dans le cœur du sujet, il demanda:

– Vous avez plusieurs enfants?

– Oui, quatre. Onze ans, neuf ans, sept ans et trois ans.

C'était sans doute la première fois qu'un policier pénétrait chez elle et elle gardait les yeux fixés sur lui.

– Je me suis d'abord demandé s'il était arrivé quelque chose à mon mari . . .

– Il est à Paris?

– Pas pour le moment. Il est allé à un congrès, à Bruxelles, et je lui ai téléphoné tout de suite.

– Vous vous souvenez bien de votre père, Mme Rousselet?

Elle parut plus calme quand elle répondit:

– Je m'en souviens, oui . . . Bien que . . .

– Quand l'avez-vous vu pour la dernière fois?

– Il y a très longtemps de ça. J'avais treize ans.

– Vous habitiez encore Mulhouse?

– Oui. Je ne suis venue à Paris qu'après mon mariage.

– Vous le reconnaîtriez?

– Je suppose . . . Oui . . .

Il tira de sa poche la carte d'identité du Toubib. La photographie, d'après la date, était vieille d'environ cinq ans. Pour la circonstance Keller ne *s'était* pas *rasé* et il n'avait fait aucun effort de toilette.

– C'est lui?

Elle tenait le document d'une main qui tremblait un peu et se penchait pour mieux voir.

– Ce n'est pas ainsi qu'il est resté dans ma mémoire, mais je suis à peu près sûre que c'est lui.

Tout en parlant, elle observait Maigret avec inquiétude

---

se raser, se couper de très près la barbe.

et on aurait pu croire qu'elle retardait le moment où il lui apprendrait l'objet précis de sa visite.

– Il lui est arrivé quelque chose?

– Il a été blessé la nuit dernière, à la tête, mais les médecins ne pensent pas que ses jours soient en danger.

– Cela s'est passé à Paris?

– Oui. Au bord de la Seine. Celui ou ceux qui l'ont attaqué l'ont ensuite jeté à l'eau.

Il ne la quittait pas des yeux, observant ses réactions.

– Vous savez comment vivait votre père?

– Pas exactement . . .

– Vous vous souvenez de son départ?

– Non. Un matin, je ne l'ai pas vu dans la maison et, comme je m'étonnais, ma mère m'a annoncé qu'il était parti pour un long voyage.

– Quand avez-vous su où il était?

– Quelques mois plus tard, ma mère m'a appris qu'il était en Afrique, où il soignait les nègres.

– C'était vrai?

Je suppose que oui. Plus tard, d'ailleurs, de gens qui l'avaient rencontré là-bas nous ont parlé de lui.

– Il y est resté longtemps?

– Plusieurs années, en tout cas. Certains, à Mulhouse, le considéraient comme une sorte de saint. D'autres . . .

Il attendait. Elle hésita.

– D'autres le traitaient de demi-fou.

– Et votre mère?

– Je sais maintenant qu'il lui avait laissé une lettre, qu'elle ne m'a jamais montrée, dans laquelle il lui annonçait qu'il ne reviendrait sans doute pas, et qu'il était prêt à lui accorder le *divorce*.

---

divorce, le fait de rompre le mariage.

– Elle a divorcé ?

– Non. Maman est très catholique.

– Vous ignoriez que votre père fût revenu à Paris ?

Elle baissa les yeux, *faillit* mentir. Maigret en était sûr.

– Oui et non . . . Je ne l'ai jamais revu de mes yeux. Nous n'étions pas certaines, maman et moi. Quelqu'un de Mulhouse croit l'avoir aperçu sur le boulevard Saint-Michel, promenant des panneaux-réclames. Quand il a dit son nom, l'homme a *tressailli*, mais, ensuite, il a fait semblant de ne pas le reconnaître.

– Vous ne vous êtes pas posé de questions à son sujet ?

– Nous en avons parlé plusieurs fois, mon mari et moi, mais je me demande s'il n'est pas plus heureux ainsi. Quant à maman, elle mène sa vie à elle, elle aime sortir, recevoir, rencontrer des personnages importants.

– Comment était-il, votre père ?

– Très doux. Je sais que cela ne répond pas à votre question, mais c'est surtout l'impression qu'il m'a laissée . . . Très doux et un peu triste.

– Il se disputait avec votre mère ?

– Je ne l'ai jamais entendu élever la voix. Il est vrai qu'il n'était pas souvent là. La plus grande partie de son temps, il visitait ses malades. Tout ce que je sais sur lui, je le sais par maman. Seulement, avec elle, c'est difficile de dire ce qui est vrai et ce qui ne l'est pas. Elle ne ment pas, mais elle arrange la vérité pour que celle-ci ressemble à ce qu'elle désirerait qu'elle soit.

– Ton père est le meilleur médecin de la ville, me disait-elle, sans doute un des meilleurs de France.

---

faillir, être bien près de.
tressaillir, éprouver une émotion forte.

Elle sourit de nouveau.

– Votre mère habite toujours Mulhouse?

– Il y a longtemps qu'elle vit à Paris.

– Pouvez-vous me donner son adresse?

– Quai d'Orléans . . . 29 bis.

Maigret avait tressailli, mais elle ne le remarqua pas.

– C'est dans l'île Saint-Louis. Depuis que l'île est devenue un des endroits les plus recherchés de Paris . . .

– Vous savez où votre père a été attaqué la nuit dernière?

– Evidemment non.

– Sous le pont Marie. A trois cents mètres de chez votre mère.

Elle sembla inquiète.

– C'est sur l'autre bras de la Seine, n'est-ce pas? Les fenêtres de maman donnent sur le quai des Tournelles.

Et, changeant de sujet:

– Où a-t-on transporté mon père?

– A l'Hôtel-Dieu, l'hôpital le plus proche.

– Il souffre beaucoup?

– Il est sans connaissance et ne se rend compte de rien.

– Vous voudriez sans doute que j'aille le voir?

– Pas maintenant. Plus tard, je vous demanderai peut-être de venir le reconnaître, afin d'avoir une certitude absolue quant à son identité.

– Je suppose que vous allez voir ma mère?

– Il m'est difficile d'agir autrement.

– Vous permettez que je lui téléphone pour lui annoncer la nouvelle?

Il hésita. Il aurait préféré observer les réactions de Mme Keller. Cependant, il n'insista pas.

– Je vous remercie, monsieur le commissaire.

Maigret partit et retrouva Torrence en bas.

– Quai des Orfèvres?

– Non. Ile Saint-Louis. Quai d'Orléans . . .

L'immeuble était ancien, avec une immense porte. La *concierge*, en robe noire et en tablier blanc leur demanda:

– Vous avez rendez-vous?

– Mme Keller attend ma visite.

– Un instant, s'il vous plaît. Quel est votre nom?

– Commissaire Maigret.

Après avoir téléphoné en haut, elle se tourna vers Maigret.

– Vous pouvez monter. Deuxième étage à droite.

Une fois monté, une bonne le fit entrer et lui demanda d'attendre dans le salon.

Ce fut un choc pour lui de trouver Mme Keller si mince et si jeune à la fois. Elle paraissait à peine dix ans de plus que sa fille et, vêtue de noir et blanc, elle avait le teint clair, les yeux très bleus.

– Jacqueline m'a téléphoné, dit-elle tout de suite en désignant à Maigret un fauteuil. Ainsi donc, vous avez retrouvé mon mari . . .

– Nous ne le cherchions pas, répondit-il.

– Je m'en doute. Je ne vois pas pourquoi vous l'auriez recherché. Chacun est libre de vivre sa vie. Est-ce vrai qu'il n'est pas en danger ou bien avez-vous dit cela à ma fille pour la calmer?

– Le professeur Magnin lui donne quatre-vingts chances sur cent de se remettre.

– Magnin? Je le connais fort bien. Il est venu plusieurs fois ici.

– Vous saviez que votre mari était à Paris?

– Je le savais sans le savoir. Depuis qu'il est parti

---

concierge, celle qui garde une maison.

pour l'Afrique, il y a près de vingt ans, j'ai reçu en tout et pour tout deux *cartes postales*.

Elle ne jouait pas la comédie de la tristesse et elle le regardait bien en face, en femme qui a l'habitude de toutes sortes de situations.

– Vous êtes sûr, au moins, qu'il s'agit bien de lui?

– Votre fille l'a reconnu.

Il lui tendit à son tour la carte d'identité avec la photographie qu'elle examina attentivement sans qu'on pût lire aucune émotion sur son visage.

– Jacqueline a raison . . . Evidemment, il a changé, mais je jurerais, moi aussi, que c'est François.

Elle releva la tête.

– C'est vrai qu'il vivait à quelques pas d'ici?

– Sous le pont Marie.

– Et moi qui franchis ce pont plusieurs fois par semaine, car j'ai une amie qui habite juste de l'autre côté de la Seine.

– Vous n'avez pas revu votre mari depuis le jour où il a quitté Mulhouse?

– A part les deux cartes postales, je n'ai eu aucune nouvelle de lui. En tout cas, pas directement . . .

– Et indirectement?

– Il m'est arrivé de recontrer, chez des amis, un

carte postale

ancien gouverneur du Gabon, là où mon mari vivait en Afrique, qui m'a demandé si j'étais *parente* avec un docteur Keller.

– Qu'avez-vous répondu?

– La vérité. Il a paru embarrassé. Alors il m'a avoué que François n'avait pas trouvé là-bas ce qu'il y cherchait.

– Qu'est-ce qu'il cherchait?

– C'était un *idéaliste,* vous comprenez? Il n'était pas fait pour la vie moderne. Après sa déception de Mulhouse . . .

Maigret se montra surpris.

– Ma fille ne vous en a pas parlé? Il est vrai qu'elle était si jeune et qu'elle voyait si peu son père. Au lieu de se faire la *clientèle* qu'il méritait . . . Vous prendrez une tasse de thé? Non? Excusez-moi d'en prendre devant vous, mais c'est l'heure de mon thé.

Elle sonna.

– Mon thé, Berthe.

– Pour une seule personne?

– Oui. Qu'est-ce que je pourrais vous offrir, commissaire? Un whisky? Rien? Comme vous voudrez. Que disais-je? Ah! oui. Eh bien, mon mari était une sorte de médecin des pauvres et, si je n'avais pas hérité de ma tante, nous serions devenus aussi pauvres qu'eux. Il s'était mis en tête de devenir médecin des hôpitaux et, pendant deux ans, il a travaillé dur à préparer l'examen. Mais, comme toujours, c'est le protégé d'un grand patron qui a été nommé.

---

parent, -ente, de la même famille que.
idéaliste, personne qui recherche une image de la vie plus belle que la réalité.
clientèle, ensemble des clients.

– C'est à la suite de cette déception . . .

– Je le suppose. Il avait toujours été assez sauvage mais, dès ce moment-là, c'est comme s'il avait perdu courage. Je ne veux pas dire de mal de lui . . . L'idée ne m'est même pas venue de divorcer alors que, dans sa lettre, il me le proposait.

– Il buvait?

– Ma fille vous l'a dit?

– Non.

– Il s'est mis à boire, oui. Remarquez que je ne l'ai jamais vu ivre. Mais il avait toujours une bouteille dans son *cabinet* et on l'a vu sortir souvent de petits bistrots.

– Vous aviez commencé de parler du Gabon.

– Je crois qu'il voulait devenir une sorte de docteur Schweitzer, vous comprenez, aller soigner les nègres, monter un hôpital, voir le moins possible de blancs, de gens de sa classe.

– Il a été déçu?

– D'après ce que le gouverneur m'a confié, il paraît qu'il menait une vie indigne et que, peut-être à cause du climat, il a bu de plus en plus. A la fin l'administration lui a fait comprendre qu'il n'était pas à sa place et . . . il est parti.

– Il y a combien de temps qu'un de vos amis l'a rencontré boulevard Saint-Michel?

– Ma fille vous en a parlé? Remarquez que je n'ai aucune certitude. François a regardé mon ami comme s'il ne le connaissait pas. C'est tout ce que je sais.

– Comme je l'ai dit tout à l'heure à votre fille, je ne peux pas vous demander de venir le reconnaître en ce

---

cabinet, pièce où un docteur reçoit ses malades.

moment, à cause des pansements qui lui couvrent le visage. Mais dès qu'il sera mieux . . . .

– Vous ne pensez pas que ce sera pénible?

– Pour qui?

– C'est à lui que je pense . . .

– Il est nécessaire que nous soyons sûrs de son identité.

– J'en suis à peu près certaine.

Il se leva, pressé d'être dehors.

– Je suppose que les journaux . . .

– Les journaux en parleront le moins possible, je vous le promets.

– Ce n'est pas tant pour moi que pour le mari de ma fille. Dans les affaires, il est toujours désagréable de . . . Remarquez qu'il est au courant et qu'il a très bien compris . . . Vous ne voulez vraiment pas prendre quelque chose?

– Je vous remercie.

Et, dans la rue, il dit à Torrence:

– Où peut-on trouver un petit bistrot tranquille? J'ai une de ces soifs!

Questions

1. A qui Maigret va-t-il rendre visite?
2. Quelle est la réaction de Mme Rousselet quand on lui rappelle le souvenir de son père?
3. Dans quel pays le Toubib a-t-il été docteur?
4. Pourquoi est-il parti?
5. Comment Mme Keller est-elle devenue riche?
6. Est-elle divorcée du Toubib?
7. Comment la décrivez-vous?

4

– Vous avez la liste sur votre bureau, dit Lucas qui, comme toujours, avait travaillé vite et bien.

La liste détaillait les objets variés qui, sous le pont Marie, constituaient la fortune du Toubib.

Maigret préféra ne pas la lire. Par contre, il ouvrit vite un petit sac en papier brun dont le policier s'était servi pour verser le contenu des poches du Toubib.

Ce fut avant tout un *stéthoscope* en mauvais état qu'il retira et posa sur son bureau.

– Il était dans la poche de droite du *veston*, commentait Lucas. Je le leur ai montré à l'hôpital et on m'a dit qu'il ne fonctionne plus.

Pourquoi, dans ce cas, François Keller l'avait-il sur lui ? Dans l'espoir de le réparer ? N'était-ce pas plutôt comme un dernier symbole de sa profession ?

Maigret continua à examiner les objets et s'arrêta à un petit paquet de papier de journal. En l'ouvrant, il découvrit trois *billes*, de ces billes en verre de différentes couleurs qui brillent au soleil.

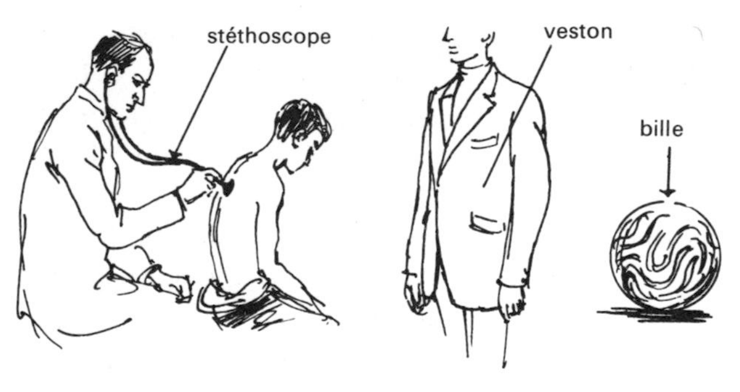

Maigret garda une des billes à la main et, pendant le reste de l'entretien, il la roula entre ses doigts.

– Tu as pris les *empreintes ?*

empreinte

– Les autres malades me regardaient avec intérêt.

– Résultat ?

– Rien. Keller n'a jamais eu affaire avec nous ni avec la justice.

– Il n'a pas repris connaissance ?

– Non. Quand j'étais là, il avait les yeux un peu ouverts, mais il ne paraissait rien voir.

Avant de rentrer chez lui, le commissaire signa quelques lettres. Et, est-ce par distraction qu'au moment de quitter son bureau il glissa une bille dans sa poche ?

Mme Maigret était de très bonne humeur et Maigret comprit tout de suite en rentrant qu'elle avait des nouvelles à lui annoncer.

– J'ai faim !

Elle attendait ses questions. Il n'en posa que quand ils furent tous les deux à table devant la fenêtre.

– Ta sœur t'a rappelée ?

Elle avait un petit papier avec des notes à côté d'elle.

– Oui. Je crois qu'elle en a trouvé des choses. Elle a dû passer l'après-midi à téléphoner à toutes ses amies . . .

Pendant que Maigret l'écoutait, il mit deux ou trois fois la main dans sa poche pour jouer avec la bille.

– D'abord, je sais d'où vient la fortune que la tante a laissée à Mme Keller. C'est une assez longue histoire. Tu veux que je te la raconte en détail ?

Il fit oui de la tête, sans s'arrêter de manger.

– Elle était infirmière et, à quarante ans, toujours *célibataire*. C'était la sœur de la mère de Mme Keller. Elle travaillait à l'hôpital, à Strasbourg. Là-bas, chaque professeur dispose de quelques chambres pour ses malades privés. Un jour, peu de temps avant la guerre, elle a eu à soigner un homme qui avait une assez mauvaise réputation en Alsace, car il paraît qu'il n'était pas très honnête commerçant. Il s'appelait Lemke.

– Il l'a épousée?

– Comment le sais-tu?

– Je le devine.

– Il l'a épousée, oui. Pendant la guerre il a travaillé avec les Allemands et a ramassé une fortune considérable. A la Libération on l'a cherché pour le *fusiller*. On ne l'a pas trouvé. Personne ne sait où ils se sont cachés, sa femme et lui. Cependant, ils sont parvenus à gagner l'Espagne et, de là, ils ont pris un bateau pour l'Argentine. Quelqu'un de Mulhouse y a rencontré Lemke dans la rue. Un jour, ils ont pris l'avion pour le Brésil et l'avion *s'est écrasé* dans les montagnes. Tous les passagers sont morts. Or, c'est justement parce que Lemke et sa femme sont morts dans une catastrophe que Mme Keller a hérité. Normalement, l'argent aurait dû aller à la famille du mari. Sais-tu pourquoi les Lemke n'ont rien eu et pourquoi la nièce de sa femme a eu tous les biens?

Il fit signe que non. En réalité, il avait compris.

– Il paraît que quand un homme et sa femme sont victimes d'un même accident, sans qu'on puisse dire qui des deux est mort le premier, la loi considère que la

---

célibataire, qui n'est pas marié(e).
fusiller, tuer avec une arme à feu.
s'écraser, être détruit en tombant.

femme a *survécu à* son mari, même si ce n'est que de quelques secondes. Les médecins prétendent que nous avons la vie plus dure, de sorte que la tante a hérité la première et que la fortune est allée à sa nièce. Ouf!

Elle était contente, assez fière d'elle.

– Bref, si j'ai bien compris, c'est parce qu'une infirmière a épousé un homme riche et qu'un avion s'est écrasé dans les montagnes de l'Amérique du Sud que le docteur Keller est devenu clochard. Si sa femme n'était pas devenue riche, s'ils avaient continué à habiter la même maison, ne crois-tu pas, toi, qu'il serait resté à Mulhouse?

– C'est possible. J'ai aussi des renseignements sur elle, si tu veux les connaître. C'est une petite personne active, qui adore la vie mondaine et qui chasse toujours les gens importants.

– Je l'ai vue . . .

Mme Maigret ne fut-elle pas déçue? Mais, elle n'en laissa rien paraître.

– Comment est-elle?

– Comme tu viens de la décrire.

– Elle vit à Paris?

– Dans l'île Saint-Louis, à trois cents mètres du pont Marie sous lequel couchait son mari.

Tout en parlant, il avait sorti la bille de sa poche et il la faisait rouler sur la *nappe*.

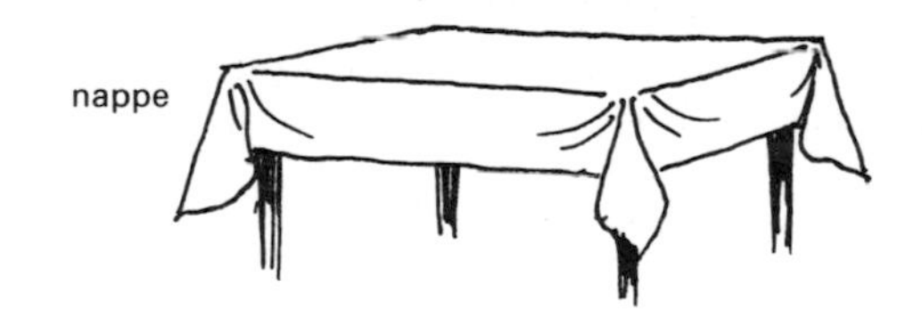

---

survivre (à qn), vivre plus longtemps que l'autre.

– Qu'est-ce que c'est?

– Une bille. Le Toubib en possédait trois.

Elle regardait son mari avec attention.

– Tu l'aimes bien, non?

– Je crois que je commence à le comprendre.

– Tu comprends qu'un homme comme lui devienne clochard?

– Peut-être. Il a vécu en Afrique, seul blanc, éloigné des villes et des grand-routes. Là aussi, il a été déçu.

– Pourquoi?

N'était-il pas difficile d'expliquer ça à Mme Maigret qui avait passé sa vie dans l'ordre et la propreté?

– Ce que je cherche à deviner, continua-t-il sur un ton léger, c'est en quoi il pouvait être coupable.

Elle avait l'air de ne pas comprendre.

– Coupable? Que veux-tu dire? C'est lui qu'on a attaqué et jeté dans la Seine, non?

– Il est la victime, c'est vrai. Mais souvent, dans un crime, la victime partage dans une large mesure la responsabilité de l'*assassin*.

– Je ne comprends pas.

– Prenons une femme et un homme jaloux qui se disputent. Supposons que l'homme ait un couteau à la main et qu'il lui dise:

– Fais attention. La prochaine fois, je te tuerai. Supposons, maintenant, qu'elle lui réponde:

– Tu n'oserais pas. Tu n'en es pas capable . . .

– J'ai compris. Mais pourquoi le docteur? . . .

– Il ne semblait faire de mal à personne. Il vivait sous les ponts, buvait du vin rouge à la bouteille et se promenait dans les rues avec un panneau-réclame sur

---

assassin, celui qui tue un homme.

le dos. Et pourtant, quelqu'un est descendu là où il dormait et lui a donné sur la tête un coup qui aurait pu causer sa mort, après quoi il l'a jeté dans la Seine d'où on ne l'a retiré que par miracle. Ce quelqu'un-là avait un motif. Autrement dit, le Toubib lui avait donné, sans y faire attention ou non, un motif de le tuer ...

– Il est toujours sans connaissance?

– Oui.

– Tu espères que, quand il pourra parler, tu en tireras quelque chose?

Il haussa les épaules et alluma sa pipe. Un peu plus tard, il s'assit devant la fenêtre ouverte pour réfléchir.

Quand Maigret arriva à son bureau, le lendemain matin, il vit Lapointe qui, tout gai, lui annonça:

– J'ai deux clients pour vous, patron.

– Où sont-ils?

– Dans la salle d'attente.

– Qui est-ce?

– Le propriétaire de la Peugeot rouge avec l'ami qui l'accompagnait lundi soir. Elle était facile à trouver car, contrairement à ce qu'on pourrait penser, il existe peu de 403 rouges à Paris et il n'y en a que trois avec deux fois le chiffre 9. L'une des trois est en réparation depuis huit jours et l'autre se trouve en ce moment à Cannes avec son propriétaire.

– Tu as interrogé ces hommes?

– Je ne leur ai posé que deux ou trois questions. Je préfère que vous les voyiez vous-même. Je vais les chercher?

– Va.

Il attendit, assis devant son bureau, avec toujours la bille dans sa poche.

– M. Jean Guillot, annonça l'inspecteur en faisant entrer le premier client.

C'était un homme d'une quarantaine d'années, de taille moyenne, vêtu avec grand soin.

– M. Hardoin, continua Lapointe, et Maigret vit entrer un homme grand et maigre, de quelques années plus jeune et qui, comme il allait bientôt s'en apercevoir, *bégayait*.

– Asseyez-vous, messieurs. J'ai compris que l'un de vous deux est propriétaire d'une Peugeot rouge . . .

Ce fut Jean Guillot qui leva la main d'un air très fier.

– C'est ma voiture, dit-il. Je l'ai achetée au début de l'hiver.

– Où habitez-vous, monsieur Guillot?

– Rue de Turenne, pas loin du boulevard du Temple.

– Votre profession?

– Agent d'assurances.

Cela l'impressionnait un peu de se trouver dans un bureau de la P.J. et il regardait autour de lui avec curiosité.

– Et vous, monsieur Hardoin?

– J'ha . . . j'ha . . . j'habite la . . . la . . . même mai . . . maison.

– L'étage au-dessus de nous, l'aida Guillot.

– Vous êtes marié?

– Cé . . . cé . . . célibataire.

– Moi, je suis marié et j'ai deux enfants, dit encore Guillot qui n'attendait pas les questions.

– Vous êtes amis?

– Très bons amis.

---

bégayer, prononcer mal les mots, en répétant les mêmes syllabes.

– Vous connaissiez François Keller?

Ils se regardaient, surpris, comme s'ils entendaient ce nom pour la première fois. Ce fut Hardoin qui demanda:

– Qui ... qui ... qui est-ce?

– Il a été longtemps médecin à Mulhouse.

– Je n'ai jamais mis les pieds à Mulhouse, affirma Guillot. Il prétend qu'il me connaît?

– Qu'est-ce que vous avez fait lundi soir?

– Comme je l'ai dit à votre inspecteur, je ne savais pas que c'était interdit ...

– Racontez-moi en détail ce que vous avez fait.

– Quand je suis rentré chez moi, vers huit heures, ma femme m'a attiré dans un coin, pour que les enfants ne l'entendent pas, et m'a annoncé que Nestor ...

– Qui est Nestor?

– Notre chien. Un *grand danois*. Il avait douze ans et il était très doux avec les enfants. Depuis quelques semaines, Nestor était presque *paralysé* et j'avais proposé de le conduire chez le *vétérinaire* pour le piquer. Ma femme n'a pas voulu. Quand je suis rentré, lundi, le chien était en train de mourir et, pour que les enfants ne voient pas ce spectacle, ma femme était allée chercher notre ami Lucien qui l'avait aidée à le transporter chez lui. J'ai aussitôt téléphoné chez notre vétérinaire, mais il n'était pas là. Nous avons passé plus de deux heures à regarder le chien mourir. Il est mort à dix heures et demie. Je suis descendu prévenir ma femme et, pendant qu'elle allait voir Nestor une dernière fois, j'ai mangé un peu, car je

---

grand danois, grand chien gris ou blanc aux taches noires, originaire du Danemark.
paralysé, qui ne peut pas bouger.
vétérinaire, personne qui traite les maladies des animaux.

n'avais pas dîné. J'avoue qu'ensuite j'ai bu deux verres de cognac pour *me remonter* et, quand ma femme est revenue, j'ai emporté la bouteille afin d'en offrir à Hardoin qui était aussi impressionné que moi. C'est alors que nous nous sommes demandés ce que nous allions faire du *cadavre*. Vous avez une idée de la taille d'un grand danois? Nous avons donc décidé de le lancer dans la Seine. Je suis allé chez nous chercher un sac à pommes de terre. Nous l'avons mis là-dedans et, ensuite, nous l'avons descendu et mis dans le *coffre* de la voiture . . .

Maigret était ravi, enfin, de pouvoir l'interrompre.

– Quelle heure était-il?

– Onze heures dix.

– Comment savez-vous qu'il était onze heures dix?

– Parce qu'en passant devant la porte de la concierge, elle nous a demandé ce qui était arrivé et, en le lui expliquant, j'ai machinalement regardé l'*horloge*.

– Vous avez annoncé que vous alliez jeter le chien dans la Seine? Vous êtes allés directement au pont des Célestins?

– C'était le plus près.

---

se remonter, reprendre des forces.
cadavre, corps d'un homme ou d'un animal mort.

– Il ne vous a fallu que quelques minutes pour y arriver. Je suppose que vous ne vous êtes pas arrêtés en route?

– Pas en allant . . . Nous avons dû mettre cinq minutes. J'ai hésité avant de me décider à descendre la rampe avec la voiture, mais, comme je ne voyais personne, je l'ai fait.

– Il n'était donc pas encore onze heures et demie . . .

– Sûrement pas. Vous allez voir. Nous avons pris le sac tous les deux et nous l'avons jeté dans le courant . . .

– Toujours sans voir personne?

– Oui.

– Vous n'avez pas remarqué une péniche?

– C'est vrai. Nous avons même remarqué de la lumière à l'intérieur.

– Mais vous n'avez pas vu le marinier?

– Non.

– Vous n'êtes pas allés jusqu'au pont Marie?

– Nous n'avions aucune raison d'aller plus loin. Nous avons jeté Nestor à l'eau aussi près de la voiture que possible.

Pendant que Guillot parlait, Hardoin avait ouvert la bouche plusieurs fois pour approuver, puis *découragé*, il l'avait refermée.

– Que s'est-il passé ensuite?

– Nous sommes partis. Une fois sur le quai, je me suis senti un peu étrange. Vous comprenez, Nestor était presque de la famille . . . Arrivés rue de Turenne, j'ai proposé à Lucien de boire un verre et nous nous sommes arrêtés devant un café qui fait le coin de la rue des Francs-Bourgeois, pas très loin de la place des Vosges.

– Vous avez à nouveau bu du cognac?

---

découragé, qui a perdu courage.

– Oui. Là aussi, il y avait une horloge et je l'ai regardée. Il était minuit moins vingt-cinq.

Il termina, en répétant d'un air malheureux:

– Je vous jure que je ne savais pas que c'est interdit.

Sans s'en rendre compte, Maigret avait sorti la bille de sa poche et la roulait entre ses doigts.

– Je suppose que vous m'avez dit la vérité?

– Pourquoi vous aurais-je menti? S'il y a une *amende* à payer, je suis prêt à . . .

– Vous n'êtes pas retournés le long de la Seine?

Guillot prit un air surpris.

– Jamais! Pour quoi faire?

– Je vous remercie, messieurs. Je n'ai pas besoin d'ajouter que tout ce que vous venez de dire sera *vérifié*.

– Je jure que j'ai dit la vérité.

– Moi . . . moi . . . aus . . . aussi . . .

Quand les deux hommes furent partis, Maigret téléphona à l'Hôtel-Dieu, où il apprit que le Toubib allait beaucoup mieux et qu'il commençait à regarder autour de lui comme s'il avait repris connaissance.

Ayant appris cela, il décida de se rendre là-bas. En arrivant à l'Hôtel-Dieu, il trouva la grosse Léa qui se précipita vers lui.

– Vous savez, monsieur le commissaire, non seulement on m'empêche de le voir, mais on refuse de me donner de ses nouvelles. C'est tout juste s'ils ne m'ont pas mise à la porte. Vous avez des nouvelles, vous?

– On vient de m'annoncer qu'il va beaucoup mieux.

---

amende, peine qui consiste à payer une certaine somme d'argent.
vérifier, examiner si une chose est telle qu'elle doit être ou telle qu'on l'a déclarée.

– Je peux attendre que vous sortiez pour avoir de ses nouvelles?

– Je serai peut-être long . . .

– Cela ne fait rien. Etre ici ou ailleurs . . .

Au troisième étage, il trouva l'infirmière-chef qui sortait d'une des salles.

– Vous savez où c'est. Je viendrai dans un instant.

Les regards des malades *allongés* se tournèrent vers lui. Il se dirigea vers le lit du docteur Keller et découvrit enfin un visage où il n'y avait plus que quelques bandes de pansements. Il avait les lèvres minces et pâles, mais Maigret fut frappé de se trouver soudain en face d'un regard.

Car il n'y avait aucun doute: le Toubib le regardait et ce n'était pas le regard d'un homme qui n'a pas sa connaissance.

Cela le gêna de rester là sans rien dire. Il y avait une chaise près du lit, il s'y assit.

– Vous allez mieux?

Mais les yeux, toujours fixés sur lui, ne bougeaient pas.

– Vous m'entendez, docteur Keller?

C'était le début d'une longue et décourageante bataille.

Questions

1. Comment Mme Keller a-t-elle hérité de sa tante?
2. Quelle est l'attitude de Maigret envers le Toubib?
3. Que cherche-t-il à comprendre?
4. Qui sont les deux hommes trouvés par Lapointe?
5. Pourquoi les deux hommes sont-ils allés sur les quais?
6. A quelle heure y sont-ils arrivés?

---

allongé, couché, au lit.

5

Maigret parlait rarement à sa femme de son travail. Mais il en était autrement cette fois-ci, peut-être parce que, grâce à sa sœur qui habitait Mulhouse, elle l'avait aidé. En se mettant à table pour déjeuner, il annonça:

– J'ai fait ce matin la connaissance de Keller.

Elle était toute surprise. Non seulement parce qu'il en parlait le premier, mais à cause du ton qui lui parut plutôt gai.

– Il a repris connaissance?

– Oui et non. Il n'a pas dit un mot. Il s'est contenté de me regarder, mais je suis persuadé qu'il n'a pas perdu un mot de ce que je lui ai dit.

– Tu as l'impression qu'il connaît son *agresseur?*

Maigret soupira, finit par avoir un léger sourire qui ne lui était pas habituel.

– Je n'en sais rien. J'aurais de la peine à expliquer mon impression . . .

Il avait rarement été aussi embarrassé de sa vie que ce matin-là à l'Hôtel-Dieu. Les conditions de la rencontre, déjà, n'avaient pas été favorables. Elle avait lieu dans une salle où se trouvaient une douzaine de malades et tout le monde regardait avec plus ou moins d'intérêt. Aussi, l'infirmière-chef se montrait-elle de temps en temps et les observait d'un air inquiet et mécontent.

– Il ne faut pas que vous restiez longtemps. Evitez de le fatiguer.

Maigret, penché sur le blessé, parlait à mi-voix, doucement.

---

agresseur, celui qui attaque quelqu'un.

– Vous m'entendez, M. Keller? Vous vous souvenez de ce qui vous est arrivé lundi soir, alors que vous étiez couché sous le pont Marie?

Pas un trait ne bougeait sur le visage du Toubib, mais le commissaire ne s'occupait que des yeux qui n'exprimaient ni angoisse ni inquiétude.

– Vous dormiez, quand on vous a attaqué?

Le regard du Toubib n'essayait pas de se détacher de lui et il se passait une chose curieuse: ce n'était pas Maigret qui avait l'air d'étudier Keller, mais celui-ci qui étudiait le commissaire.

Cette impression était si gênante que Maigret éprouva le besoin de se présenter.

– Je m'appelle Maigret. Je dirige la brigade criminelle de la P.J. Je cherche à comprendre ce qui vous est arrivé. J'ai vu votre femme, votre fille, les mariniers qui vous ont retiré de la Seine . . .

Le Toubib n'avait pas bougé quand on avait parlé de sa femme et de sa fille, mais c'était comme si une légère ironie avait passé dans ses yeux.

– Vous êtes incapable de parler?

Il n'essayait pas de répondre.

– Vous vous rendez compte qu'on vous parle?

Mais oui! Maigret en était sûr. Non seulement Keller s'en rendait compte, mais il l'écoutait attentivement.

– Cela vous gêne que je vous interroge dans cette salle où des malades nous écoutent?

Puis, d'un ton très doux, il s'efforça d'expliquer:

– J'aurais aimé que vous ayez une chambre privée. Malheureusement, cela pose des problèmes, car nous ne pouvons pas mettre cette chambre sur notre compte . . .

Si le Toubib avait été l'assassin, au lieu d'être la victime, les choses auraient été plus faciles.

– Je vais être obligé de faire venir votre femme, car il est nécessaire qu'elle vous reconnaisse formellement. Cela vous ennuie de la revoir? Vous vous sentez assez bien pour que je lui demande de passer ce matin?

L'homme ne protesta pas et Maigret en profita pour sortir un peu. Il avait chaud dans cette salle qui sentait la maladie et les *médicaments*.

Après avoir téléphoné à Mme Keller qui avait promis de venir tout de suite, il alla trouver le professeur.

– Comment le trouvez-vous maintenant? demanda Maigret.

– Beaucoup mieux. Je viens de l'examiner, il m'a donné l'impression de savoir ce qui se passait autour de lui.

– Je suppose qu'il est difficile de le placer dans une chambre privée.

– Ce n'est pas seulement difficile: c'est impossible. Tout est plein. Ou alors, il faudrait le transporter dans une clinique privée.

– Si sa femme le proposait?

– Vous croyez que cela lui plairait, à lui?

C'était peu probable. Si Keller avait choisi de s'en aller et de vivre sous les ponts, ce n'était pas pour se retrouver, à cause d'un accident, à la charge de sa femme.

Celle-ci sortit de l'*ascenseur*, regarda autour d'elle et Maigret alla l'accueillir.

– Comment est-il?

Elle n'était pas trop inquiète, ni émue.

– Il est calme.

– Il a repris connaissance?

---

médicament, ce que le médecin fait prendre au malade pour le soigner.
ascenseur, machine qui sert à monter les personnes aux étages d'une maison.

– Je pense, mais je n'en ai pas la preuve.

Arrivée dans la salle des malades, elle chercha son mari des yeux et, d'elle-même, elle se dirigea vers le cinquième lit.

Keller l'avait vue et la regardait, toujours indifférent.

Elle était très élégante et son parfum se mêlait aux odeurs de la salle.

– Vous le reconnaissez?

– C'est lui, oui. Il a changé, mais c'est lui .....

Il y eut un silence, pénible pour tout le monde. Elle s'était arrêtée à deux mètres du lit, puis se décida enfin à s'avancer, non sans nervosité.

– C'est moi, François. Je ne savais pas que je te retrouverais un jour dans d'aussi tristes conditions. Il paraît que tu vas déjà mieux. Je voudrais t'aider ...

Qu'est-ce qu'il pensait en la regardant ainsi? Il y avait dix-sept ans qu'il vivait dans un autre monde. On ne lisait aucune expression sur son visage, il se contentait de regarder celle qui avait été longtemps sa femme, puis il tourna légèrement la tête vers Maigret.

Assise devant les tasses de café, Mme Maigret écoutait toujours son mari attentivement.

– Je ne me rappelle plus ce que j'ai dit à Mme Keller, mais, avant de partir, elle m'a demandé, si son mari ne serait pas mieux dans une chambre privée. Comme je lui ai assuré qu'il n'y en avait pas de libre, elle n'a pas insisté.

– Tu es retourné dans la salle?

– Oui. Je ne savais pas quoi lui dire. Je voulais le mettre en confiance. Je lui ai parlé de Léa qui m'attendait dehors, de ses affaires que nous avions mises en lieu sûr et qu'il retrouverait à sa sortie de l'hôpital. Je lui ai dit aussi qu'il n'était pas obligé de revoir sa femme s'il ne le désirait pas, qu'elle avait proposé de payer pour lui une chambre privée, mais qu'il n'y en avait pas de libre.

– Qu'a-t-il répondu ?

– Rien. Je suis persuadé qu'il a décidé une fois pour toutes de ne rien dire. Et un homme qui a été capable de vivre si longtemps sous les ponts est capable de se taire.

– Pourquoi se tairait-il ?

– Je l'ignore.

– Pour éviter d'accuser quelqu'un.

– Peut-être.

– Qui ?

Maigret se leva, haussa ses larges épaules.

– Si je savais cela, je serais Dieu le Père.

– Bref, tu n'as rien appris de nouveau ?

– Non.

Ce n'était pas tout à fait vrai. Il était persuadé qu'il avait beaucoup appris sur le Toubib.

– A un moment donné, j'ai tiré la bille de ma poche ... A vrai dire, je n'y ai pas fait attention. Je l'ai sentie dans ma main et j'ai eu l'idée de la glisser dans la sienne. Il n'a pas eu besoin de la regarder, il l'a reconnue au toucher. Je suis sûr que son visage s'est éclairé et qu'il y a eu de la joie dans ses yeux.

– Mais il a toujours continué à se taire ?

– Ça, c'est une autre affaire. Il ne m'aidera pas. Il a pris le parti de ne pas m'aider, de ne rien dire, et il faudra que je découvre seul la vérité.

Etait-ce cette provocation qui l'excitait ? Sa femme l'avait rarement vu aussi passionné par une affaire.

– J'ai retrouvé, en bas, Léa qui m'attendait, et je lui ai raconté l'histoire de la bille.

– Tu penses qu'elle ne sait rien ?

– Si elle savait quelque chose, elle me le dirait. Il y a,

entre ces gens-là, plus de solidarité qu'entre ceux qui vivent normalement dans des maisons. Elle m'a déjà appris une chose qui pourrait être intéressante: c'est que Keller n'a pas toujours couché sous le pont Marie et qu'il était là depuis deux ans seulement.

– Où vivait-il avant?

– Au bord de la Seine aussi, sous le pont de Bercy.

– Cela leur arrive souvent de changer d'endroit?

– Non. C'est aussi important que, pour nous, de changer de maison. Chacun se fait son coin et y reste.

Il finit, pour se maintenir en bonne humeur, par se servir un petit verre de cognac. Après quoi il prit son chapeau et embrassa Mme Maigret.

– A ce soir.

– Tu crois que tu rentreras dîner?

Il n'en savait pas plus qu'elle. A vrai dire, il n'avait pas la moindre idée de ce qu'il allait faire.

Torrence était en train de vérifier si l'histoire du chien Nestor était vraie ou inventée. Et, si elle était vraie, cela ne prouverait pas encore que les deux hommes n'avaient pas attaqué le Toubib. Mais pour quelle raison? Pour l'instant, le commissaire n'en voyait aucune.

Mais quelle raison aurait eue Mme Keller, par exemple, de faire jeter son mari à la Seine? Et par qui?

Un jour qu'un homme sans fortune avait été assassiné dans des circonstances aussi mystérieuses, il avait dit au juge:

– On ne tue pas les pauvres types . . .

On ne tue pas les clochards non plus. Et pourtant, on avait tenté de *se débarrasser de* François Keller.

Maigret était debout dans l'autobus quand une idée

---

se débarrasser de, enlever ce qui gêne.

lùi vint à l'esprit. C'était l'expression « Pauvre type » qui l'y avait fait penser.

A peine dans son bureau, il demanda Mme Keller au téléphone. Elle n'était pas chez elle. La domestique lui apprit qu'elle déjeunait en ville avec une amie.

Alors, il appela Jacqueline Rousselet.

– Il paraît que vous avez vu maman et qu'elle est allée à l'hôpital. Ainsi, c'est bien mon père . . .

– Il semble n'y avoir aucun doute sur son identité.

– Vous n'avez toujours aucune idée sur la raison pour laquelle on l'a attaqué ? Il ne s'agirait pas d'une bagarre ?

– Votre père était-il *bagarreur ?*

– C'était l'homme le plus doux qui soit, en tout cas au temps où je vivais avec lui, et je crois qu'il se serait laissé frapper sans se défendre.

– Vous êtes au courant des affaires de votre mère ?

– Quelles affaires ?

– Lorsqu'elle s'est mariée, elle n'avait pas de fortune et ne s'attendait pas à en avoir un jour. Votre père non plus. Je me demande, dans ces conditions, s'ils ne se sont pas mariés sous le régime de la *communauté des biens*, de sorte que votre père pourrait réclamer la moitié de la fortune . . .

– Ce n'est pas le cas, répondit-elle sans hésiter.

– Vous en êtes sûre ?

– Maman vous le confirmera. Ma mère et mon père se sont mariés sous le régime de la séparation des biens.

– Pourrais-je vous demander le nom de votre *notaire ?*

---

bagarreur, qui aime se battre.
communauté des biens, situation où les possessions appartiennent aux deux époux ensemble.
notaire, officier public qui reçoit les actes, contrats, etc., des particuliers.

– Maître Prijean, rue de Bassano.

– Je vous remercie.

Il avait besoin d'agir et il demandait déjà Maître Prijean. Il dut discuter assez longtemps, car le notaire lui opposait le secret professionel.

– Je vous demande seulement de me dire si M. et Mme Keller, de Mulhouse, ont été mariés sous le régime de la séparation des biens et si vous avez eu l'acte en main.

Cela finit par un « oui » assez sec et on coupa.

Autrement dit, François Keller était bien un pauvre type qui n'avait aucun droit sur la fortune de sa femme.

La *standardiste* fut assez surprise quand le commissaire demanda:

– Passez-moi l'*écluse* de Suresnes.

– L'écluse? Bien patron.

Il finit par avoir le chef de l'écluse et se présenta.

– Je suppose que vous prenez note des bateaux qui passent d'une écluse à l'autre? Je voudrais savoir où trouver une péniche à moteur qui a dû franchir votre écluse hier en fin d'après-midi. C'est un nom flamand. « De Zwarte Zwaan ».

– Je connais, oui. Deux frères, une petite femme blonde et un bébé.

– Vous avez une idée de l'endroit où ils sont en ce moment ?

– Attendez, avec le courant qui reste assez fort, si je ne me trompe pas, ils ont dû parcourir une centaine de kilomètres, ce qui les met du côté de Juziers, après Poissy.

Quelques instants plus tard, le commissaire était dans le bureau des inspecteurs.

– Est-ce que quelqu'un, ici, connaît bien la Seine ?

Une voix demanda :

– De quel côté ?

– Du côté de Poissy. Plus loin, probablement.

– Moi. J'ai un petit bateau et je descends jusqu'au Havre chaque année, et je connais très bien les environs de Poissy.

Il s'agissait de Neveu, et Maigret lui dit aussitôt :

– Prenez une voiture dans la cour. Vous allez me conduire.

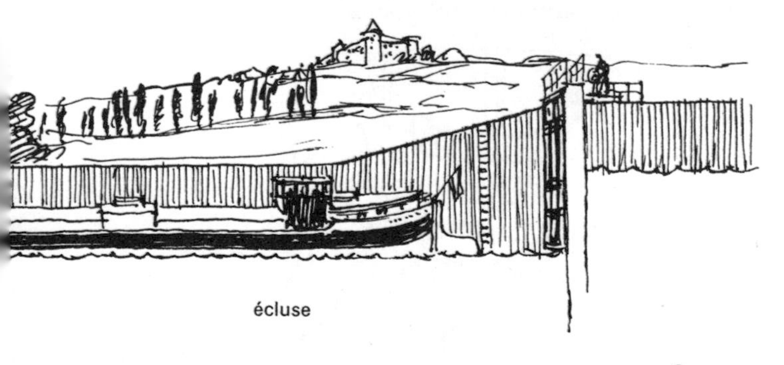

écluse

Le commissaire dut le faire attendre, car Torrence rentrait et lui annonçait le résultat de sa matinée.

– Le chien est bien mort lundi soir, confirma-t-il. Mme Guillot pleure encore quand elle en parle . . . On se souvient d'eux dans le café de la rue de Turenne . . .

– A quelle heure sont-ils arrivés?

– C'était un peu après onze heures et demie. Mme Guillot m'a confirmé, aussi, que son mari était rentré tard, et qu'il était à moitié ivre. Elle a rougi et elle a éprouvé le besoin de me jurer que ce n'était pas son habitude . . .

Maigret finit par s'installer à côté de Neveu dans la voiture. Plusieurs fois ils s'arrêtèrent pour demander aux gens qui vivaient au bord de la Seine, s'ils avaient vu passer « De Zwarte Zwaan ». A côté de Meulan on leur dit qu'on l'avait vu passer une demi-heure avant, et Neveu conclut qu'avec dix bons kilomètres à l'heure, ils ne devraient pas être loin de Juziers.

C'est un peu après Juziers, devant l'île de Montalet, qu'ils aperçurent la péniche belge descendant le courant. Ils la dépassèrent de deux ou trois cents mètres et Maigret alla se mettre sur la rive. Là, sans crainte du ridicule, il se mit à faire de grands gestes.

C'était Hubert, le plus jeune des deux frères, qui tenait la *roue*, une cigarette aux lèvres. Il reconnut le

commissaire et *ralentit* le moteur. Un instant plus tard, Jef Van Houtte apparut sur le pont.

– Il faut que je vous parle, leur cria le commissaire.

Jef lui fit signe qu'il n'entendait rien à cause du moteur, et Maigret tenta de lui expliquer qu'il devait s'arrêter.

Hubert Van Houtte mit le moteur en marche arrière. La jeune femme apparut à son tour et on devina qu'elle demandait à son mari ce qui se passait.

La manœuvre fut assez confuse. Enfin, ils se rapprochèrent de la rive.

– Qu'est-ce que vous voulez encore, maintenant? cria Jef qui paraissait en colère.

Il y avait plusieurs mètres entre la rive et la péniche et il ne semblait pas prêt à poser la passerelle.

– Vous croyez, comme ça, que c'est une façon d'arrêter un bateau? C'est le bon moyen d'avoir un accident, oui, c'est moi qui vous le dis.

– J'ai besoin de vous parler, répondit Maigret.

– Vous m'avez parlé tant que vous avez voulu à Paris. Moi, je n'ai rien d'autre à vous dire.

Hubert fit signe à son frère de se calmer. C'est lui qui finit par lancer la passerelle.

– Ne faites pas attention, monsieur. C'est vrai, ce qu'il dit. On n'arrête pas un bateau n'importe où.

Maigret monta à bord, assez embarrassé, au fond, car il ne savait pas au juste quelles questions il allait poser.

– Vous allez nous retenir longtemps, dites?

– Je l'ignore.

– Parce que nous, on ne va pas passer la nuit ici, vous

---

ralentir, faire aller plus lentement.

savez. On a encore le temps d'arriver à Mantes avant le coucher du soleil.

– Dans ce cas, continuez.

– Vous voulez venir avec nous ?

– Pourquoi pas ? Vous entendez, Neveu ? Continuez avec la voiture jusqu'à Mantes . . .

Questions

1. Pourquoi le Toubib ne répond-il pas aux questions posées par Maigret ?
2. Quelle est la réaction du Toubib en voyant sa femme ?
3. Le Toubib a-t-il toujours couché sous le pont Marie ?
4. Sous quel régime se sont mariés les Keller ?
5. Pourquoi Maigret téléphone-t-il à l'écluse ?
6. Que fait-il ensuite ?
7. Arrive-t-il à rejoindre la péniche ?

6

– Vous m'avez bien dit hier que la voiture était rouge, n'est-ce pas?

Maigret, debout à l'arrière de la péniche avait allumé sa pipe et se demandait par quel bout il allait commencer.

Hubert était à la *barre* et la jeune femme blonde était à l'intérieur de la cabine avec le bébé, en train de préparer le dîner.

– Oui, monsieur, répondit Jef qui semblait furieux de ce nouvel *interrogatoire*.

– Où vous trouviez-vous quand vous avez entendu du bruit sur le quai? Vous étiez occupé à travailler au moteur, je crois?

Les yeux clairs de Jef se fixaient sur lui et on aurait dit qu'il hésitait sur l'attitude à prendre.

– Ecoutez, monsieur. Hier matin, vous étiez là quand le juge m'a posé toutes ces questions. Vous m'en avez posé vous-même. Et le petit homme qui accompagnait le juge a tout écrit sur du papier. L'après-midi, il est revenu pour me faire signer ma déclaration. Est-ce que c'est juste?

– C'est exact.

– Alors, maintenant, vous venez me demander la même chose. Je vous dis, moi, que ce n'est pas bien. Parce que, si je me trompe, vous penserez que je vous ai menti. Je ne suis pas un intellectuel, moi, monsieur. Je ne suis presque pas allé à l'école. Hubert non plus. Mais nous

---

barre, longue pièce de bois qui sert à diriger un bateau.
interrogatoire, série de questions posées à un accusé et les réponses de celui-ci.

sommes tous les deux des *travailleurs* et Anneke c'est aussi une femme qui travaille.

– Je cherche seulement à vérifier . . .

– A vérifier rien du tout. J'étais tranquille sur mon bateau, comme vous dans votre maison. Un homme a été jeté à l'eau et j'ai sauté dans la barque pour le sauver. Je ne demande pas qu'on me remercie. Mais ce n'est pas une raison pour venir m'*ennuyer* avec des questions. Voilà comment je pense, monsieur . . .

– Nous avons retrouvé les deux hommes de la voiture rouge.

Est-ce que Jef fut vraiment surpris ou ne fut-ce qu'une impression de Maigret.

– Eh bien ! vous n'avez qu'à leur demander.

– Ils prétendent qu'il n'était pas minuit, mais onze heures et demie, quand ils ont descendu la rampe.

– Peut-être que leur montre *retardait*, n'est-ce pas ?

– Tout ce qu'ils ont dit a été vérifié. Ils sont allés ensuite dans un café où ils sont arrivés à minuit moins vingt-cinq.

Jef regarda son frère qui s'était tourné assez vivement vers lui.

– On pourrait aller s'asseoir à l'intérieur ? . . .

La cabine, assez grande, servait à la fois de cuisine et de salle à manger.

– Asseyez-vous, monsieur..

Toujours hésitant, Jef prit une bouteille de *genièvre* et deux verres. Il y eut un silence assez long pendant lequel le marinier resta debout.

---

travailleur, personne qui travaille beaucoup.
ennuyer, faire ou dire des choses désagréables.
retarder, marcher trop lentement.
genièvre, alcool très fort.

– Il est mort ? demanda-t-il enfin.
– Non. Il a repris connaissance.
– Qu'est-ce qu'il dit ?
Ce fut le tour de Maigret de ne pas répondre. Il regardait les rideaux brodés, les plantes vertes près des fenêtres, une photographie, au mur, qui représentait un gros homme d'un certain âge, en *chandail* et en *casquette* de marinier. C'était un personnage comme on en voit souvent sur les bateaux, les épaules énormes, avec une *moustache*.

– C'est votre père ?
– Non, monsieur. C'est le père d'Anneke.
– Votre père était marinier aussi ?
– Mon père travaillait dans le port à Anvers.
– C'est pourquoi vous êtes devenu marinier ?
– J'ai commencé à travailler sur les péniches à l'âge de treize ans et personne ne s'est jamais plaint de moi.
– Hier soir . . .
Maigret croyait l'avoir calmé par des questions indirectes, mais l'homme secouait la tête.
– Non, monsieur. Je ne joue pas . . . Vous n'avez qu'à relire le papier.
– Et si je découvrais que vos déclarations ne sont pas exactes ?
– Alors, vous ferez ce que vous voudrez.

– Vous avez vu les deux hommes de la voiture revenir de sous le pont Marie?

– Lisez le papier.

– Ils prétendent, eux, qu'ils n'ont pas dépassé votre péniche.

– Tout le monde peut dire ce qu'il veut, n'est-ce pas?

– Ils affirment aussi qu'ils n'ont vu personne sur le quai et qu'ils se sont contentés de jeter un chien mort dans la Seine.

– Ce n'est pas ma faute s'ils appellent ça un chien.

La jeune femme apparut sans l'enfant, qu'elle avait dû coucher. Elle dit quelques mots en flamand à son mari qui approuvait.

– Le bateau vous appartient?

– Il est à moi et à Anneke, oui.

– Votre frère n'en possède pas une partie?

– Non, monsieur, il travaille seulement avec moi.

– Depuis longtemps?

– A peu près deux ans.

– Il travaillait avant sur un autre bateau? En France?

Il travaillait, comme nous, en Belgique et en France.

– Pourquoi l'avez-vous fait venir auprès de vous?

– Parce que j'avais besoin de quelqu'un. C'est un grand bateau, vous savez.

– Et avant que vous fassiez venir votre frère?

– Je ne comprends pas.

– Il y avait quelqu'un d'autre pour vous aider?

– Bien sûr.

Avant de répondre, il avait jeté un coup d'œil à sa femme, comme pour s'assurer qu'elle n'avait pas compris.

– Qui était-ce?

Jef remplissait les verres, pour se donner le temps de réfléchir.

– C'était moi, finit-il par déclarer.

– C'était vous qui étiez le *matelot?*

– J'étais le *mécanicien.*

– Qui était le patron?

– Je me demande si vous avez vraiment le droit de me poser toutes ces questions. La vie privée est la vie privée. Et moi, je suis belge, monsieur.

– Je pourrais revenir avec un *interprète* et interroger votre femme.

– Je ne permettrais pas qu'on ennuie Anneke.

– Il faudra pourtant bien, si je vous apporte un papier du juge. Je me demande maintenant s'il ne serait pas plus simple de vous emmener tous les trois à Paris.

– Et alors, qu'est-ce que deviendrait le bateau? Ça, je suis sûr que vous n'avez pas le droit de le faire.

– Pourquoi ne me répondez-vous pas tout simplement?

– Parce que vous essayez de m'*embrouiller.*

– Je n'essaie pas de vous embrouiller mais d'établir la vérité.

– Quelle vérité?

Jef commença à paraître visiblement inquiet.

– Quand avez-vous acheté le bateau?

– Je ne l'ai pas acheté.

– Pourtant, il vous appartient?

– Oui, monsieur, il est à moi et à ma femme.

– Autrement dit, c'est en l'épousant que vous en êtes devenu propriétaire? Le bateau était à elle?

---

matelot, marin.
mécanicien, celui qui répare les machines, les moteurs, etc.
interprète, personne qui traduit une langue en une autre langue.
embrouiller, embarrasser en mettant la confusion dans les idées.

– Est-ce que c'est extraordinaire ? Nous nous sommes mariés *légitimement*.

– Jusqu'alors, c'était son père qui conduisait le « Zwarte Zwaan ».

– Oui, monsieur. C'était le vieux Willems.

– Il n'avait pas d'autres enfants ?

– Non, monsieur.

– Qu'est-ce que sa femme est devenue ?

– Elle était morte depuis un an.

– Vous étiez déjà à bord ?

– Willems m'a engagé quand sa femme est morte.

– Et avant, vous travailliez sur un autre bateau ?

– Oui, monsieur.

– Il y a donc à peu près trois ans que vous êtes à bord de ce bateau-ci. Quel âge avait Anneke à cette époque ?

Entendant son nom, elle les regarda curieusement.

– Dix-huit ans.

– Sa mère venait de mourir ?

– Oui, monsieur, je vous l'ai déjà dit.

– Vous êtes tombé tout de suite amoureux d'Anneke ?

– Ça, monsieur, c'est une question personnelle. Cela me regarde et cela la regarde.

– Quand vous êtes-vous mariés ?

– Il y aura deux ans le mois prochain.

– Quand Willems est-il mort ? C'est son portrait, là ?

– Oui, monsieur. Il est mort six semaines avant notre mariage.

– Mais le mariage était prévu ?

– Il faut croire, puisque nous nous sommes mariés.

– Est-ce que Willems était au courant de vos relations

---

légitimement, d'après la loi.

avec sa fille, car je suppose qu'au début, comme la plupart des amoureux, vous vous cachiez de lui ?

– Est-ce que je l'ai épousée ou pas ?

– Vous l'avez épousée quand il est mort.

– C'est ma faute, s'il est mort ?

– Il a été longtemps malade ?

Jef regardait par la fenêtre.

– A présent, on va arriver. Mon frère a besoin de moi sur le pont.

Maigret l'y suivit et, en effet, on apercevait les quais de Mantes.

– Vous n'avez pas répondu à ma question.

– Il n'a jamais été malade de sa vie, à moins que ce soit une maladie d'être ivre tous les soirs.

– Il est mort d'une crise ?

– Non. Il était si ivre qu'il est tombé dans l'eau.

– Cela se passait en France ?

Jef ne paraissait pas apprécier la présence de son frère, qui les écoutait. Il fit oui de la tête.

– A Paris ?

– C'est à Paris qu'il buvait le plus, parce qu'il allait retrouver une femme, je ne sais pas où, et qu'ils passaient tous les deux une partie de la nuit à boire.

– Est-ce qu'Anneke sait comment son père est mort ?

– Oui, mais on ne lui a jamais parlé de cette femme.

– Vous la connaissez ?

– Je l'ai aperçue, mais je ne sais pas son nom.

– Elle l'accompagnait au moment de l'accident ?

– Je ne sais pas.

– Comment cela s'est-il produit ?

– Je ne peux pas vous le dire, puisque je n'y ai pas assisté.

– Où étiez-vous ?

– Couché. Et Anneke aussi.
– Quelle heure était-il ?
– Deux heures du matin.
– Comment est-il tombé ? En franchissant la passerelle ?
– Je suppose.
– C'était en été ?
– Au mois de décembre.
– Vous avez entendu le bruit de sa chute ?
– J'ai entendu du bruit contre le bateau.
– Et des cris ?
– Il n'a pas crié.
– Vous vous êtes précipité à son aide ?
– J'ai mis un pantalon et j'ai couru sur le pont.
– Anneke a entendu aussi ?
– Pas tout de suite. Elle s'est éveillée quand je suis monté sur le pont.
– Quand vous montiez ou quand vous y étiez déjà ?
Il y avait de la haine dans le regard de Jef.
– Demandez-lui. Si vous croyez que je me rappelle.
– Vous avez vu Willems dans l'eau ?
– Je n'ai rien vu du tout. J'entendais seulement que ça remuait.
– Il ne savait pas *nager* ?

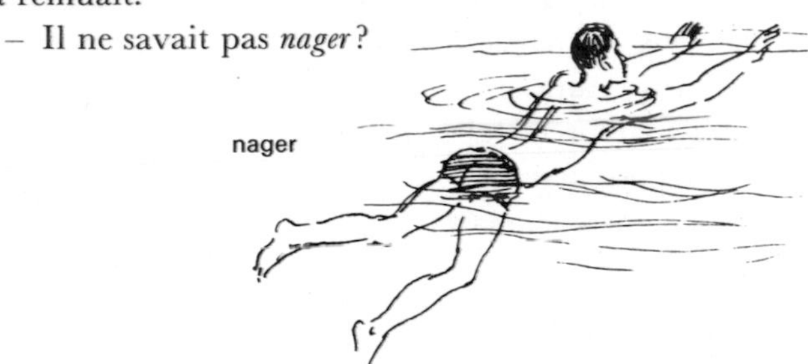

– Il savait nager. Il faut croire qu'il n'a pas pu.
– Vous avez sauté dans la barque, comme lundi soir ?
– Oui, monsieur.

– Vous êtes parvenu à le retirer de l'eau?

– Pas avant dix bonnes minutes parce que chaque fois que j'essayais de le saisir, il disparaissait.

– Anneke était sur le pont du bateau?

– Oui, monsieur.

– C'est un homme mort que vous avez ramené?

– Je ne savais pas encore qu'il était mort. Ce que je sais, c'est qu'il était violet.

– Un docteur est venu, et la police?

– Oui, monsieur. Est-ce que vous avez encore des questions?

– A quel endroit de Paris cela se passait-il?

– Nous avions chargé du vin à Mâcon et nous le déchargions quai de la Rapée . . .

Maigret parvint à ne montrer aucune surprise, aucune satisfaction. On aurait dit, soudain, qu'il devenait plus sûr de lui, plus calme.

– Je crois que j'ai presque fini. Willems s'est noyé une nuit quai de la Rapée, alors que vous dormiez à bord et que sa fille dormait de son côté. Environ un mois plus tard, vous épousiez Anneke?

– Nous ne pouvions pas vivre tous les deux à bord sans nous marier.

– A quel moment avez-vous fait venir votre frère?

– Tout de suite. Trois ou quatre jours après.

– Après votre mariage?

– Non. Après l'accident.

Le soleil avait disparu derrière les toits mais il faisait encore clair. Hubert, qui était resté immobile, paraissait songer.

– Je suppose que vous, vous ne savez rien?

– Sur quoi?

– Sur ce qui s'est passé lundi soir.

– J'étais occupé à danser rue de Lappe.
– Et sur la mort de Willems ?
– C'est en Belgique que j'ai reçu le télégramme.
– Alors, c'est fini ? demanda Jef Van Houtte. On va pouvoir manger la soupe ?

Et Maigret répondit d'un ton très calme :
– Je crains que non.

Questions

1. Quelle est la réaction de Van Houtte à l'arrivée de Maigret ?
2. Qui était Willems ?
3. Comment Van Houtte est-il devenu propriétaire du bateau ?
4. Qu'est-il arrivé à Willems ?
5. Van Houtte a-t-il essayé de le sauver ?
6. Où s'est produit l'accident ?

7

La réaction de Jef Van Houtte fut très forte quand Maigret lui annonça qu'il était obligé de l'emmener à Paris. Avant de quitter le bateau, Maigret lui avait laissé le temps de mettre Anneke au courant de la situation et de changer de costume.

Neveu les attendait sur le quai dans la voiture noire.

– Où allons-nous, patron?

– Quai des Orfèvres.

Il était huit heures du soir quand ils entrèrent dans la cour de la P.J. Il n'y avait plus que quelques fenêtres éclairées et, dans le bureau des inspecteurs, trois ou quatre hommes seulement, parmi lesquels Lapointe.

– Tu feras monter des sandwiches et de la bière . . .

– Pour combien de personnes?

– Pour deux. Non, pour trois, car j'aurai peut-être besoin de toi. Tu es libre?

– Oui, patron.

Au milieu du bureau de Maigret, le marinier parassait plus grand, plus maigre, les traits plus fins.

– Vous pouvez vous asseoir, M. Van Houtte. On va nous apporter des sandwiches.

Ces nuits-là, huit fois sur dix, s'achevaient par des *aveux*.

La mauvaise humeur n'avait pas empêché le Flamand de manger avec appétit, ni de vider sa bière sans quitter Maigret du coin de l'œil.

Les deux hommes étaient seuls. Maigret avait envoyé Lapointe faire une course.

---

aveu, *-x*, le fait avouer une chose.

– Ecoutez, Van Houtte.

Il était important de trouver le ton, différent dans chaque interrogatoire, et c'était ce ton que le commissaire cherchait en finissant de manger.

– Cela fait deux heures que je vous écoute.

– Si cela a duré si longtemps, c'est peut-être parce que vous ne me répondez pas *franchement*.

– Vous allez me traiter de *menteur*, peut-être?

– Je ne vous accuse pas de mentir, mais de ne pas me dire tout.

– Et si, moi, je commençais à vous poser des questions sur votre femme, sur vos enfants . . .

– Vous avez eu une enfance pénible, vous avez commencé tôt à gagner votre vie et je ne crois pas me tromper en pensant que vous êtes un travailleur. Un jour, vous avez rencontré Willems qui était fier et *autoritaire* et qui buvait. Je suis persuadé que, sans Anneke, vous ne seriez pas resté à bord du « Zwarte Zwaan ». Mme Willems n'était pas comme son mari, c'était une brave femme et je suis sûr que, si elle avait vécu, elle ne se serait pas opposée à ce que vous épousiez sa fille. Malheureusement, Mme Willems est morte et vous étiez seul à bord avec son mari et Anneke. Propriétaire d'un beau bateau, Willems n'avait pas envie que sa fille épouse un garçon sans argent.

Immobile au milieu de la pièce, Jef écoutait le commissaire en le regardant comme un animal qui sent le danger et qui se demande comment on va l'attaquer.

– Ça, c'est votre histoire, n'est-ce pas? Moi aussi, je peux inventer des histoires, dit-il enfin.

---

franc, franche, qui dit la vérité.
menteur, celui qui ne dit pas la vérité.
autoritaire, qui aime commander.

– C'est la vôtre, telle que je l'imagine au risque de me tromper.

Maigret se rendit compte qu'il était allé trop vite, mais il continua:

– Il est possible qu'un soir Willems soit rentré, après avoir bu avec cette amie, et qu'il vous ait trouvé dans les bras l'un de l'autre. Il s'est certainement mis en colère, peut-être vous a-t-il mis à la porte . . .

– C'est votre histoire, répétait Jef d'un ton ironique.

– C'est l'histoire que je choisirais si j'étais à votre place. Parce que, dans ce cas, la mort de Willems deviendrait presque un accident . . .

– C'est un accident . . .

– J'ai dit presque. Je ne prétends même pas que vous l'ayez aidé à tomber à l'eau. Il était ivre . . . Il tenait à peine debout . . . Est-ce qu'il pleuvait, cette nuit-là?

– Oui.

– Vous voyez. Il a donc glissé. La faute que vous avez commise est de ne pas lui avoir porté secours tout de suite . . . A moins que ce soit un peu plus grave, que vous l'ayez poussé . . . Cela se passait il y a deux ans et la police a déclaré qu'il s'agissait d'un accident et non d'un *meurtre* . . .

– Alors? Pourquoi est-ce que vous tenez à me mettre ça sur le dos?

– J'essaie seulement d'expliquer. Supposez, à présent, que quelqu'un vous ait vu pousser Willems à l'eau. Quelqu'un qui se trouvait sur le quai et que vous ne voyiez pas. Il aurait pu révéler à la police que vous êtes resté sur le pont assez longtemps avant de sauter dans la barque, afin de donner à votre patron le temps de mourir . . .

---

meurtre, le fait de tuer quelqu'un.

– Et Anneke? Peut-être qu'elle aussi regardait sans rien dire?

– A deux heures du matin, il est possible qu'elle fût en train de dormir. En tout cas, l'homme qui vous a vu, et qui couchait, à cette époque-là, sous le pont de Bercy, n'a rien dit à la police ... Vous avez pu épouser Anneke et, comme il fallait quelqu'un avec vous pour conduire le bateau, vous avez fait venir votre frère, de Belgique. Depuis, vous êtes passé plusieurs fois par Paris et je pense que vous avez évité de vous amarrer près du pont de Bercy.

– Non! Je m'y suis amarré au moins trois fois ...

– Parce que le clochard n'était plus là ... Les clochards, eux, aussi, changent d'endroit, et le vôtre s'était installé sous le pont Marie ... Lundi, il a reconnu le bateau. Il vous a reconnu. Je me demande ...

– Vous vous demandez quoi?

– Je me demande si, quai de la Rapée, quand Willems a été retiré de l'eau, vous n'avez pas vu le clochard. Il s'est approché, mais il n'a rien dit. Lundi, quand il s'est mis à tourner autour de votre bateau, vous vous êtes rendu compte qu'il pouvait parler. Il est même possible qu'il ait menacé de le faire.

Maigret n'y croyait pas. Ce n'était pas le genre du Toubib, mais, c'était nécessaire à son histoire.

– Vous avez eu peur. Vous avez pensé que ce qui était arrivé à Willems pouvait bien arriver à quelqu'un d'autre, presque de la même façon.

Jef était debout, plus calme qu'avant, mais plus dur.

– Et je l'ai jeté dans l'eau, n'est-ce pas? Non, monsieur! Vous ne me ferez jamais avouer une chose pareille. Ce n'est pas la vérité.

– Alors, si je me suis trompé dans quelque détail, dites-le moi ...

– Je l'ai déjà dit et cela a été écrit noir sur blanc.

– Vous avez déclaré que, vers minuit, vous aviez entendu du bruit . . .

– Si je l'ai dit, c'est vrai.

– Vous avez ajouté que deux hommes, dont l'un portait un imperméable clair, venaient à ce moment de dessous le pont Marie et se précipitaient vers une voiture rouge. Ils sont donc passés devant votre péniche . . .

Van Houtte ne bougeait pas. Maigret se dirigea vers la porte et l'ouvrit.

– Entrez, messieurs.

Lapointe était allé chercher chez eux les deux témoins. Guillot portait le même imperméable que le lundi soir.

– Ce sont bien les deux hommes qui sont partis dans la voiture rouge?

– Ce n'est pas pareil de voir des gens, la nuit, sur un quai mal éclairé, que de les voir dans un bureau.

– Ils étaient bien, ce soir-là, au port des Célestins. Voulez-vous nous dire, monsieur Guillot, ce que vous y avez fait?

Et M. Guillot, trop content d'être convoqué pour la deuxième fois à la P. J., raconta de nouveau l'histoire du chien Nestor.

Quand il eut terminé, Maigret regarda le marinier.

– Comment expliquez-vous le fait d'avoir vu ces deux hommes revenir du pont Marie et passer devant votre péniche, alors qu'ils ont jeté le chien à l'eau derrière celle-ci?

– C'est son histoire, n'est-ce pas? Vous aussi, vous avez raconté votre histoire. Et peut-être qu'il y aura encore d'autres histoires. Ce n'est pas ma faute, à moi.

– Vous savez la faute que vous avez commise?

– Oui. De retirer cet homme de l'eau . . .

– D'abord oui, mais cela, vous l'avez seulement fait

parce que quelqu'un d'autre avait entendu les cris du clochard. Willems, lui, n'avait pas crié. Pour le Toubib, vous avez pris la précaution de l'*assommer* d'abord. Vous croyiez qu'il était mort et vous avez été désagréablement surpris quand vous avez entendu ses cris. Et vous l'auriez laissé crier si vous n'aviez entendu une autre voix, celle du marinier du « Poitou ». Il vous voyait, debout sur le pont de votre bateau . . .

Jef se contenta de hausser les épaules.

– Quand je vous disais il y a un instant que vous avez commis une faute, ce n'est pas à ceci que je pense. Je pensais à votre histoire. Cette histoire-là, vous l'avez inventée, afin de détourner tout *soupçon*. A onze heures et demie, vous n'étiez pas occupé à travailler à votre moteur, comme vous l'avez prétendu, mais vous vous trouviez à un endroit d'où vous pouviez apercevoir le quai, ou bien dans la cabine, ou bien sur le pont, sinon, vous n'auriez pas aperçu la voiture rouge. Vous avez vu les deux hommes jeter le chien à l'eau, et cela vous est revenu à l'esprit quand la police vous a demandé ce qui s'était passé. Vous avez cru qu'on ne retrouverait pas la voiture et vous avez parlé de deux hommes revenant de sous le pont Marie.

Maigret se dirigea une fois de plus vers la porte.

– Entrez, monsieur Goulet.

Lui aussi, le marinier du « Poitou », c'était Lapointe qui était allé le chercher.

– Quelle heure était-il quand vous avez entendu des cris ?

– Aux environs de minuit.

---

assommer, frapper quelqu'un de telle sorte qu'il perde connaissance.

soupçon, légère croyance accompagnée de doute.

– Il était plus tard qu'onze heures et demie?

– Sûrement. Quand tout a été fini, quand le corps a été tiré de l'eau et que l'agent est arrivé, il était minuit et demie. Or, il ne s'est pas passé plus d'une demi-heure entre le moment où . . .

– Qu'est-ce que vous en dites, Van Houtte?

– Moi? Rien du tout. Il raconte . . .

A dix heures du soir, les trois témoins étaient partis et on avait apporté d'autres sandwiches et d'autres bières. Maigret gagna le bureau voisin pour dire à Lapointe:

– A toi, maintenant, de faire l'interrogatoire.

C'était la routine. Ils se remplaçaient parfois à trois ou quatre au cours d'une nuit, reprenant plus ou moins les mêmes questions d'une façon différente.

A trois heures du matin, ni Maigret, ni Lapointe, n'avait réussi à le faire avouer. Le commissaire décida donc d'abandonner.

– En voilà assez pour aujourd'hui, dit-il en se levant.

– Alors, je peux aller retrouver ma femme?

– Pas encore. Vous coucherez ici, dans un bureau où il y a un lit.

Pendant que Lapointe l'y conduisait, Maigret quittait la P.J. et marchait, les mains dans les poches, dans les rues désertes. Ce n'est qu'au Châtelet qu'il trouva un taxi.

Questions

1. Pourquoi Maigret emmène-t-il Van Houtte à Paris?
2. Comment Maigret imagine-t-il l'histoire?
3. Quelle est la faute commise par Van Houtte?
4. Pourquoi a-t-il retiré le clochard de l'eau?
5. Comment a-t-il essayé de détourner le soupçon?
6. Quel est le résultat de l'interrogatoire?

8

Ce fut Torrence qui les accompagna ce matin-là, car Lapointe avait passé le reste de la nuit à la P.J. Avant, Maigret avait eu le professeur Magnin au téléphone.

– Je suis certain que, depuis hier soir, il a toute sa connaissance, affirma celui-ci. Je vous demande seulement de ne pas le fatiguer.

Ils marchaient tous les trois le long des quais, dans le soleil, Van Houtte entre le commissaire et Torrence.

Pour Maigret, c'était la dernière chance. Il s'avança le premier dans la salle des malades, suivi de Jef, qu'il cachait à moitié, tandis que Torrence marchait derrière.

Le Toubib le regardait venir sans surprise et, quand il découvrit le marinier, il ne se produisit aucun changement dans son attitude.

Quant à Jef, il ne semblait pas plus troublé qu'il ne l'avait été au cours de la nuit.

Le choc espéré ne se produisit pas.

– Avancez, Jef.

– Qu'est-ce que je dois encore faire?

– Vous le reconnaissez?

– Je suppose que c'est lui qui était dans l'eau. Seulement, ce soir-là, il avait de la barbe . . .

– Vous le reconnaissez quand même?

– Je crois.

– Et vous, monsieur Keller?

Maigret retenait presque sa respiration, les yeux fixés sur le clochard qui le regardait et qui, lentement, se décidait à se tourner vers le marinier.

– Vous le reconnaissez?

Est-ce que Keller hésitait? Le commissaire l'aurait juré. Il y avait un long moment d'attente, jusqu'à ce que le Toubib regarde à nouveau Maigret sans montrer aucune émotion.

– Vous le reconnaissez?

Il devint presque furieux, soudain, contre cet homme qui, il le savait maintenant, avait décidé de ne rien dire.

La preuve, c'est qu'il y avait, sur le visage du clochard, comme une ombre de sourire, de l'ironie dans ses yeux.

Ses lèvres s'ouvraient à peine et il dit tout bas:

– Non.

– C'est un des deux mariniers qui vous ont retiré de la Seine.

– Merci.

– C'est lui aussi, j'en suis à peu près sûr, qui vous a donné un coup sur la tête avant de vous jeter à l'eau.

Silence. Le Toubib restait immobile.

– Vous ne voulez pas parler?

Keller ne bougeait toujours pas.

– Vous savez, pourtant, pourquoi il vous a attaqué . . .

Le regard devenait plus curieux.

– Cela date d'il y a deux ans, quand vous couchiez encore sous le pont de Bercy. Une nuit de décembre, vous avez assisté à une scène à laquelle cet homme prenait part. Un autre homme, le patron de la péniche, près de laquelle vous étiez couché, a été poussé dans l'eau. Celui-là n'a pas été sauvé . . .

Toujours le silence et, enfin, une complète indifférence sur le visage du blessé.

– Est-ce vrai? Vous retrouvant lundi quai des Célestins, l'assassin a eu peur que vous parliez . . .

La tête bougeait légèrement, avec effort, juste assez pour que Keller puisse apercevoir Jef Van Houtte.

Mais, son regard restait sans haine et Maigret comprit qu'il ne tirerait rien d'autre du clochard.

Pendant que Jef attendait en compagnie de Torrence au quai des Orfèvres, Maigret parla pendant deux heures avec le juge Dantziger. Le juge prenait des notes et, quand le récit fut terminé, il dit:

– En somme, nous n'avons pas une seule preuve contre lui. Il vous reste un espoir d'obtenir des aveux?

– Aucun, admit le commissaire.

– Le clochard continuera de se taire?

– J'en ai l'impression.

– Alors?

Alors, comme Maigret le savait en arrivant, la partie était perdue. Il ne restait plus qu'à rendre à Van Houtte sa liberté.

– Je m'excuse, monsieur, murmura-t-il en le quittant.

Dans son bureau, un peu plus tard, il répéta:

– Je m'excuse, monsieur Van Houtte. C'est à dire que je m'excuse pour la forme . . . Sachez pourtant que je reste persuadé que vous avez tué votre patron, Louis Willems, et que vous avez tout fait pour vous débarrasser du clochard, qui était un témoin gênant. Ceci dit, rien ne vous empêche de regagner votre péniche, de retrouver votre femme et votre bébé. Adieu, monsieur Van Houtte.

Le marinier ne protesta pas, il se contenta de regarder le commissaire avec une certaine surprise en lui tendant la main.

– Il arrive à tout le monde de se tromper, n'est-ce pas? murmura-t-il.

Dans les semaines qui suivirent, on fit des vérifications

difficiles, aussi bien du côté de Bercy que du côté du pont Marie, mais sans résultat.

Quant au commissaire, pendant trois mois on le vit souvent au pont des Célestins, la pipe aux dents. Le Toubib avait fini par quitter l'hôpital. Il avait retrouvé son coin sous le pont et on lui avait rendu ses affaires.

Un jour, Maigret s'arrêta près de lui, comme par hasard.

– Ça va?

– Ça va.

– Vous ne sentez plus rien de votre blessure?

– Un peu la tête qui tourne, de temps en temps.

François Keller décida-t-il que le commissaire avait assez attendu? Il regardait une péniche belge qui n'était pas le «Zwarte Zwaan », mais qui lui ressemblait.

– Ces gens-là ont une belle vie, remarqua-t-il.

Maigret le regarda dans les yeux, gravement, attendant ce qui allait suivre.

– La vie n'est facile pour personne, reprit le clochard.

– La mort non plus.

– Ce qui est impossible, c'est de juger.

Ils se comprenaient.

– Merci, murmura le commissaire, qui savait enfin.

– De rien. Je n'ai rien dit.

Il n'avait rien dit, en effet. Il refusait de juger. Il ne témoignerait pas.

Cependant, Maigret ne put pas résister à dire à sa femme, au milieu du déjeuner:

– Tu te souviens de la péniche et du clochard?

– Oui. Il y a du nouveau?

– Je ne m'étais pas trompé.

– Alors, tu l'as arrêté?

Il secoua la tête.

– Non! A moins qu'il ne recommence, ce qui m'étonnerait de sa part, on ne l'arrêtera jamais.

– Le Toubib t'a parlé?

– D'une certaine façon, oui . . .

Avec les yeux plus qu'avec des mots. Ils s'étaient compris tous les deux et Maigret souriait au souvenir de cette sorte de *complicité* qui s'était établie entre eux un instant, sous le pont Marie.

F I N

Questions

1. Dans quel espoir Maigret accompagne-t-il Van Houtte chez le Toubib?
2. Pourquoi le Toubib a-t-il décidé de ne rien dire?
3. Pourquoi Van Houtte est-il libéré?
4. En quoi consiste la complicité existant entre Maigret et le Toubib?

---

complicité, le fait de favoriser une mauvaise action.